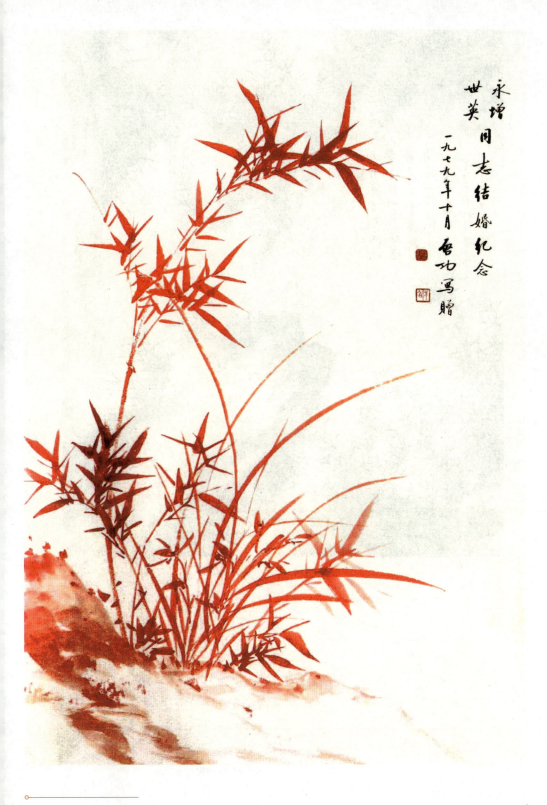

永增
世英 同志结婚纪念
一九七九年十月 启功写赠

朱竹喜庆　一九七九年作

竹涧幽深　一九九二年作

仲凱仁兄先生
五旬榮慶
丁亥冬日
元白啟功寫祝

松亭图　一九四七年作

戏效明人小景　约二十世纪四十年代作

朱笔兰花　二十世纪七十年代作

雪後月志 新畫補壁
一九八一年元月 啟功

红竹绿兰图　一九八一年作

大光同志指正 啓功

瓶裏孤花戶
外桐綠佐枝
夢醉頹翁日
斜睡起渾忘
事徙墨橫吹
紙上風 啓功

淡墨橫吹 一九九二年作

曲水群贤　约二十世纪四十年代作

野渡横舟　一九七九年作

竹石图　一九四八年作

启功 ——
著

启功绘画三十讲

光明日报出版社

图书在版编目（CIP）数据

启功绘画三十讲 / 启功著. -- 北京 ： 光明日报出
版社，2025. 4. -- ISBN 978-7-5194-8632-7

Ⅰ．I267

中国国家版本馆CIP数据核字第2025PC4686号

启功绘画三十讲

QIGONG HUIHUA SAN SHI JIANG

著　　者：启　功	
责任编辑：徐　蔚	责任校对：孙　展
特约编辑：胡　峰	责任印制：曹　净
封面设计：李果果	

出版发行：光明日报出版社

地　　址：北京市西城区永安路106号，100050

电　　话：010-63169890（咨询），010-63131930（邮购）

传　　真：010-63131930

网　　址：http://book.gmw.cn

E - mail ： gmrbcbs@gmw.cn

法律顾问：北京市兰台律师事务所龚柳方律师

印　　刷：天津裕同印刷有限公司

装　　订：天津裕同印刷有限公司

本书如有破损、缺页、装订错误，请与本社联系调换，电话：010-63131930

开　　本：170mm×240mm		印　　张：15.25	
字　　数：180千字			
版　　次：2025年4月第1版			
印　　次：2025年4月第1次印刷			
书　　号：ISBN 978-7-5194-8632-7			
定　　价：58.00元			

目录

辑一

诗笔常因
画笔开

启功周岁丧父，生第四岁，先母随先曾祖侨寓河北易县，先姑母以方块小纸各书一字俗称"字号"者为课。是为识字之始。第十岁后，先曾祖逝世，翌年先祖逝世，卖宅抵旧债，家业遂破。北洋政府动荡不宁，文人职业毫无保障，戚友长辈相谈论，每举"家有千金，不如一艺在身"之俗谚；功又见先祖擅画山水，曾有巨幛悬于先祖座侧，先祖亦时取功所持小扇，信手为写花竹于上。功私心羡慕，愿年长之后做一画家。

先祖既逝，功母子及未嫁之胞姑生计无着。先祖之科举门人为谋划生活费用，随分入小学、中学，同时附于世好之家塾，从吴县戴绥之先生读文史词章。以志好学画，乃拜宛平贾羲民先生学画，又由贾师作书介绍于山阴吴镜汀先生学画，因往来于两先生之门，既习画艺，又闻鉴别古书画之议论。画艺之基础，实自此际初筑基础。

第廿二岁由江安傅藏园老人介绍受教于新会陈援（庵）先生之门。旋丁抗战，虽在大学授课，而物价时涨，工薪不足赡生计，乃以画易米，可佐月入三一而强。昔罗两峰有印曰"画梅易米"，功亦拟刊"画山易米"，以志卖画以供菽水之需，其时画艺实未有成。今观少作，每欲夺而焚之，当日（未）敢擅刻而妄钤，回顾未始非虚怀慎计。而昔时职业有托，皆念励耘先师，而菽水补益，则不能不念授画先生之教也。

（柴剑虹整理）

　　很多人认识我是从书法开始的，在回顾学术及艺术历程时，我就从这里说起吧。

　　如前所述，我小时是立志做一个画家的，因此从小我用功最勤的是绘画事业。在受到祖父的启蒙后，我从十几岁开始，正式走上学画的路程，先后正式拜贾羲民先生、吴镜汀先生学画，并得到溥心畲先生、张大千先生、溥雪斋先生、齐白石先生的指点与熏陶，可以说得到当时最出名画家的真传。到二十岁前后，我的画在当时已小有名气了，在家庭困难时，可以卖几幅小作品赚点钱，贴补一下。在辅仁大学期间，我又做过一段美术系助教，绘画更成为我的专业。虽然后来我转到大学国文的教学工作上，但一直没放弃绘画创作和绘画研究。那时也没有所谓的专业思想一说，谁也不会说我画画是不务正业。抗日战争后几年，我还受韩寿宣先生之约到北京大学兼任过美术史教员，当时他在北京大学开设了博物馆学系。当陈老校长鼓励我多写论文时，问我对什么题目最感兴趣。我说，我虽然在文学上下过很多功夫，而真正的兴趣还在艺术。陈校长对此大加鼓励，所以我的前几篇论文都是对书画问题的考证。到了解放前后，我的绘画水平达到最高峰，在几次画展中都有作品参展，而且博得好评。如新中国成立前参展的临沈士充的《桃源图》，曾被认为比吴镜汀老师亲自指导的师兄所临的还要好，为此还引起小小的风波。又如新中国成立后，在由文化部主办的北海公园漪澜堂画展上，我一次有四张作品参展，都受到好评，后来这些作品经过劫波都辗转海外，有的又被人陆续购回。后来我又协助叶恭绰先生筹办中国画院，这需要做大量的工作，为此陈校长特批我可以一半在北师大，一半在画院工作。如果画院真的筹建起来，也许我会成为那里的专职人员，那就会有我的另一生。可惜的是画院还没成立起来，我和叶先生都成了右派。这无异于当头一棒，对我想成为一个更知名的画家是一个严重的打击，从此以后我的绘画事业停滞了很长时间。一来因在画院为搞我最喜爱的绘画事业而被打成右派，这不能不使我一提到绘画就心灰意冷，甚至害怕，正所谓"一朝被蛇咬，十年怕井绳"；二来在以后的工作中，特别强调专业思想，我既已彻底离开画院，那一半也就回到北京师范大学，彻底地成为一名古典文学的教师，再画画就属于专业思想不巩固，不务正业了。这种情况一直继续到"文化大革命"后期，在中华书局点校"二十四史"时，我有时又耐不得寂寞，手痒地忍不住捡起来画几笔，但那严格地说还不是正式的创作，只是兴之所到，随意挥洒而已。"文化大革命"后，思想的禁锢彻底解除了，但新的问题又出现了：这时我的书名远远超过了我的画名，很多年轻人甚至都不知道我原来是学画的出身。那时大量的"书债"已压得我抬不起头、喘不过气来，我找不出时间静下心来画画；即使有时间，我心里也有负担，不敢画：这"书债"都还不过来，再去欠"画债"，我还活不活了？我的很多老朋友都能理解我的苦衷，挚友黄苗子先生曾在一篇"杂说"鄙人的文章中写道："启先生工画，山水兰竹，清逸绝伦，但极少露这一手，因为单是书法一途，已经使他尝尽了世间酸甜苦辣；如果他又是个画家，那还了得？"此知我者也。所以

"文化大革命"后我真正用心画的作品并不多，有十余幅是为筹办"励耘奖学助学基金"而画的，还有一张是为第一个教师节而画的，算是用心之作。

看过我近期作品的人常问我这样一个问题："您为什么喜欢画朱竹？"我就这样回答他："省得别人说我是画'黑画'啊！""黑画"一词，从广义上说可以泛指一切能够上纲批判的画，如反右时的"一枝红杏出墙来"之类的画；狭义的是说"文化大革命"后不久，有些人画了一批画，如猫头鹰睁一只眼、闭一只眼的，被正式冠名为"黑画"。听我这样解释的人无不大笑。其实这里面也牵扯到画理问题。难道画墨竹就真实了吗？谁见过黑得像墨一样的竹子？墨竹也好，朱竹也好，都是画家心中之竹，都是画家借以宣泄胸中之气的艺术形象，都不是严格的写实。这又牵扯到画风。我的画属于传统意义上典型的文人画，并不意在写实，而是表现一种情趣、境界。中国的文人画传统渊源悠久，它主要是要和注重写实的"画匠画"相区别。后来在文人画内又形成客观的"内行画"和"外行画"之分："内行画"更注重画理和艺术效果，"外行画"不注重画理，更偏重表现感受。如我学画时，贾羲民先生就是"外行画"画派的，而吴镜汀先生是"内行画"画派的，但他们都属于传统的文人画，而文人画都强调要从临摹古人入手，和新中国成立后大力提倡的从写生入手有很大的区别。我是喜欢"文人画"中的"内行画"，所以才特意从贾先生门下又转投吴先生门下。我也是从临摹入手，然后再加入自己的艺术想象和艺术构思，追求的是一种理想境界，而不是一丘一壑的真实。我在《谈诗书画的关系》一文中，曾提出这样的观点：

（元人）无论所画是山林丘壑还是枯木竹石，他们最先的前提，不是物象是否得真，而是点画是否舒适。换句话说，即是志在笔墨，而不是志在物象。物象几乎要成为舒适笔墨的载体，而这种舒适笔墨下的物象，又与他们的诗情相结合，成为一种新的东西。倪瓒那段有名的题语说他画竹只是写胸中的逸气，任凭观者看成是麻是芦，他全不管。这并非信口胡说，而确实代表了当时不仅止倪氏自己的一种创作思想。

就我个人的绘画风格来说，是属于文人画中比较规矩的那一类，这一点和我的字有相通之处，很多人讥为"馆阁体"。但我既然把绘画当成一种抒情的载体，所以我对那种充满感情色彩的绘画和画家都非常喜欢，比如我在《谈诗书画的关系》一文中又说：

到了八大山人又进了一步，画的物象，不但是"在似与不似之间"，几乎可以说他简直是要以不似为主了。鹿啊，猫啊，翻着白眼，以至鱼鸟也翻白眼。哪里是所画的动物翻白眼，可以说那些动物都是画家自己的化身，在那里向世界翻着白眼。

我又在《仿郑板桥兰竹自题》中写道：

当年乳臭志弥骄，眼角何曾挂板桥。

头白心降初解画，兰飘竹撇写离骚。

这首诗不但写出了我对绘画情感的理解，也在一定程度上概括了我的绘画生涯：我从小受过良好全面的绘画技法的训练，掌握了很不错的绘画技巧，但对绘画的艺术内涵和情感世界直到晚年才有了深刻的理解，可惜我又没更多的时间和精力去从事我所喜欢的这项事业，只能偶尔画些朱竹以写胸中的"离骚"了。

我从小想当个画家，并没想当书法家，但后来的结果却是书法名气远远超过绘画名气，这可谓历史的误会和阴差阳错的机运造成的。

了解我的人常津津乐道我学习书法的机缘：大约在十七八岁的时候，我的一个表舅让我给他画一张画，并说要把它裱好挂在屋中，这让我挺自豪，但他临了嘱咐道："你光画就行了，不要题款，请你老师题。"这话背后的意思再明显不过了，他看中了我的画，但嫌我的字不好。这大大刺激了我学习书法的念头，从此决心刻苦练字。这事确实有，但它只是我日后成为书法家的机缘之一，我的书法缘还有很多。

我从小就受过良好的书法训练。我的祖父写得一手好欧体字，他把所临的欧阳询的九成宫帖作我描模子的字样，并认真地为我圈改，所以打下了很好的书法基础，只不过那时还处于启蒙状态，稚嫩得很，更没有明确地想当一个书法家的念头。但我对书法有着与生俱来的喜爱，也像一般的书香门第的孩子一样，把它当成一门功课，不断地学习，不断地阅帖和临帖。所幸家中有不少碑帖，可用来观摩。记得在我十岁那年的夏天，我一个人蹲在屋里翻看祖父从琉璃厂买来的各种石印碑帖，当看到颜真卿的《多宝塔》时，好像突然从它的点画波磔中领悟到他用笔时的起止使转，不由地叫道："原来如此！"当时我祖父正坐在院子里乘凉，听到我一个人在屋子里大声地自言自语，不由地大笑，回应了一句："这孩子居然知道了究竟是怎么回事！"好像屋里屋外的人忽然心灵相感应了一样。其实，我当时突然领悟的原来如此的"如此"究竟是什么，我也说不清，这"如此"是否就是颜真卿用笔时真的"如此"，我更难以断言；而我祖父在院子里高兴地大笑，赞赏我居然知道了究竟，他的大笑，他的赞赏究竟又是为什么，究竟是否就是我当时的所想，我也不知道，这纯粹属于"我观鱼，人观我"的问题。但那时真所谓"心有灵犀一点通"了，就好像修禅的人突然"顿悟"，又得到师傅的认可一般，自己悟到了什么，师傅的认可又是什么，都是"难以言传，惟有心证"一样。到那年的七月初七，我的祖父就病故了，所以这件事我记得特别清楚。通过这次"开悟"，我在临帖时仿佛找到了感觉，临帖的水平也有了很大的提高。

到了十七八岁的时候就出现了上一段所说的事，这件事对我的影响不再是简单地好好练字了，而是促使我决心成为书法的名家。到了二十岁时，我的草书也有了一些功底，有人在观摩切磋时说："启功的草书到底好在哪里？"这时冯公度先生的一句话使我终身受益："这是认识草书的人写的草书。"这话看起来好似一般，但我觉得受到很大的鼓励和重要的指正。我不见得能把所有的草书认全，但从此我明白要规规矩矩地写草书才行，绝不能假借草书就随便胡来，这也成为指导我一生书法创作的原则。二十多岁后，我又得到了一部赵孟𬖕的《胆巴碑》，非常地喜爱，花了很长的时间临摹它，学习它，书法水平又有了一些进步。别人看来，都说我写得有点像专门学赵孟𬖕的英和（字煦斋）的味道，有时也敢于在画上题字了，但不用说我的那位表舅了，就是自己看起来仍觉得有些板滞。后来我看董其昌书画俱佳，尤其是画上的题款写得生动流走，潇洒飘逸，又专心学过一段董其昌的字。但我发现我的题跋虽得了些"行气"，但缺乏骨力，于是我又从友人那里借来一部宋拓本的《九成宫》，并把它用蜡纸勾拓下来，古人称之为"响拓"，然后根据它来临摹影写，虽然难免有些拘滞，但使我的字在结构的谨严方正上有不少的进步。又临柳公权《玄秘塔》若干遍，适当地吸取其体势上劲媚相结合的特点。以上各家的互补，便构成了我初期作品的基础。后来我又杂临过历代各种名家的墨迹碑帖，其中以学习智永的《千字文》最为用力，不知临摹过多少遍，每遍都有新的体会和进步。随着出土文物、古代字画的不断发现和传世，我们有幸能更多地见到古人的真品墨迹，这对我学习书法有很大的帮助。我不否认碑拓的作用，它终究能保留原作的基本面貌，特别是好的碑刻也能达到传神的水平，但看古人的真品墨迹更能使我们看清它结字的来龙去脉和运笔的点画使转。而现代化的技术使只有个别人才能见到的秘品，都公之于众，这对学习者是莫大的方便，应该说我们现在学习书法比古人有更多的便利条件，有更宽的眼界。就拿智永的《千字文》来说，原来号称智永石刻本共有四种，但有的摹刻不精，累拓更加失真，有的虽与墨迹本体态笔意都相吻合，但残失缺损严重，且终究是摹刻而不是真迹；而自从在日本发现智永的真迹后，这些遗憾都可以弥补了。这本墨迹见于日本《东大寺献物账》，原账记载附会为王羲之所书，后内滕虎次郎定为智永所书，但又不敢说是真迹，而说是唐摹，但又承认其点画并非廓填，只能说："摹法已兼临写。"但据我与上述所说的四种版本相考证，再看它的笔锋墨彩，纤毫可见，可以毫无疑问地肯定是智永手迹，当是他为浙东诸寺所书写的八百本《千字文》之一，后被日本使者带到日本的。现在这本真迹已用高科技影印成书，人人可以得到，我就是按照这个来临摹的。在临习各家的基础上，经过不断地融会贯通和独自创造，我最终形成了自己的一家之风，我不在乎别人称我什么"馆阁体"，也不惜自谑为"大字报体"，反正这就是启功的书法。当然我的书法在初期、中期和晚期也有一定的变化，但这都不是刻意为之，而是自然发展的。

　　和我学画时正式拜过很多名师不同，我在学书法时，主要靠自己的努力，能称得上以老师的名义向他请教的并不多，近现代书法大师沈尹默（字秋明）算一个。他也是老辅仁大学的人，所以有很多交往的机会。他曾为我手书"执笔五字法"，并当面为我讲解、示范，还对我奖掖有加，夸奖过我的书法，这对我是莫大的鼓励。多少年后，新加坡友人曾得到沈尹默先生所书的一卷欧阳永叔（修）文，请我题跋，我还不由地以满腔的深情回忆道：

八法一瓣香，首向秋明翁。

昔日承面命，每至烛跋空。

忆初叩函丈，健毫出箧中。

指画提按法，谆如课童蒙。

信手拾片纸，追蹑山阴踪。

戏题令元白，纠我所未工。

至今秘衣带，不使萧翼逢。

⋯⋯⋯⋯

还有张伯英先生，我曾多次登门求教，看他写字，听他讲授碑帖知识，获益匪浅。老先生对书法事业的热情以及对后辈诲人不倦的关切令我感动。其他的前辈对我也有所指点，像前边所说的冯公度对我草书的评价。还有一位寿玺先生，号石公，书画篆刻都很好。此人非常有意思，他管人都叫"兔"，他从来不说"这个人""那个人"，而说"这个兔""那个兔"，比如他夸奖某人的扇面画得好就说："这兔画得还不错。"日久天长大家都反过来叫他"寿兔"。我曾恭敬地向他请教，称他为"寿先生"，他生气地对我说你不该对我这么谦恭，把我臭骂一顿，骂得我还挺舒服。通过我的经历，我觉得练习书法最重要的还要靠自己长期刻苦的努力。

有人总喜欢问我学习书法有什么经验或窍门。我首先可以奉告的是要破除迷信。自古以来书法已成为"显学"，产生了很多"理论"，再被一些所谓的书法家、书法理论家一炒，好些谬论也都成了唬人的金科玉律，学习者千万不能被他们唬住。比如握笔，其实这是一个很简单的问题，虽然有一定的方法，但绝没有那么多神秘的讲究，有人现在还提倡"三指握管法"，称这是古法。不错，这确实是古法，而且古到当初席地而坐的时代，那时没有高桌，书写时，左手执卷，右手执笔，三指握管（犹如今日握钢笔）的姿势，正好和有一定倾斜的左手之卷呈九十度，非常便于书写。而有了高桌之后，人们把纸铺在水平的桌上，这时再用三指握管法就不能和纸面呈垂直状态，不便于软笔笔锋的运用。那些人不明白这基本的道理，还在提倡"三指握管法"为"高古"，并想当然地说"三指握管法"是拇指在内，食指、中指在外的握笔姿势。更有甚者，还有提倡所谓"龙睛法""凤眼法"的，说三指握笔后虎口呈圆形的为"龙睛法"，呈扁形的为"凤眼法"。还有人在如此执笔的同时，尽力地回腕，把手往怀里收，可惜不知这叫什么方法，权且叫它"猪蹄法"吧。最可笑的是包世臣《艺舟双楫》记载的刘墉写字的情况：他为了在外人面前表示自己有古法，故意耍起"龙睛法"，还要不断地转动笔管，以致把笔头都转掉了，这不是唬人是什么？难怪刘墉的字看上去那么拘谨。人人都知道这样一个故事：王羲之在看儿子写字的时候，在后面突然抽他的笔，但没抽下来，不禁大加称赞。于是有人又借此编织神话，提出所谓要"握碎此管"和

"指实掌虚"之说——指要握得实，而且要握得有力，有力到恨不得把笔管握碎才好，而手掌要虚，虚到能放下一个鸡蛋才好，这不是唬人么？对此苏东坡有一段精彩的评论：

献之少时学书，逸少（王羲之）从后取其笔而不可，知其长大必能名世。仆以为不然。知书不在于笔牢，浩然听笔之所之而不失法度，乃为得之。然逸少重其不可取者，独以其小儿子用意精至，猝然掩之，而意未始不在笔。不然，则是天下有力者莫不能书也。

苏轼不愧是具有独立思考能力的聪明人，我们要向他学习这种勇于破除迷信的精神。一个握笔有什么可神秘的，在我看来就像握筷子一样，怎么方便，怎么舒服，怎么便于使用，就怎么来好了。

至于悬腕、运笔、选帖、择笔等也有很多类似的现象。如有人说不但要"悬腕"，还要"平腕"，练习的时候要在手腕上放一碗水，让它不洒才行，请问这是写字还是耍杂技？运笔讲究提顿回转，这本不错，但有人硬说写一横要按八卦的位置走，"始艮终乾"（艮和乾都指八卦的位置），请问这是写字还是排八卦阵？还有人说只有练好篆书才能练隶书，练好隶书才能练楷书，练好楷书才能练行书、草书，这貌似有理，但怎么才叫练好？难道学画蝴蝶必须先从画蛹开始吗？这是写字还是子孙传代？有的人字还没练得怎么样呢，就先讲究笔的好坏，有些人还把不同质地的笔的功能差异说得神乎其神，还以用稀奇古怪的质地为尚。其实善书者不择笔，我八九十年代最喜欢用的是衡水地区产的七分钱一支的笔，一下就买了二百支。凡此种种都需要我们先破除迷信才行。

至于具体的方法我也可以提供一些参考。如碑帖并重，尤要重视临帖。碑拓须经过书丹（把字形描到石头上）、雕刻、毡拓等几道工序才能完成，每道工序都要有一次失真，再加上碑石不断风化磨损，所以笔画还会有一些变形，拓出后有的出现断笔，有的出现麻刺。可笑的是有人在临帖时还故意模仿，美其名曰"金石气"。我小时看到兄弟二人面对面地临帖，每写到碑上出现拓残的断笔时，哥儿俩就互相提醒，嘴里还念念有词"断，断"，那时还觉得挺神秘，现在想起来真可笑，不妨称它们为"断骨体"。还有人故意学那麻刺，我戏称它们为"海参体"。有些魏碑的笔画成外方内圆的形状，临摹者刻意模仿，写出的字都像过去常使用的一种烟灰缸，我戏称它为"烟灰缸体"，殊不知这种笔道是无奈的刀刻的结果。当然碑的功劳不可灭，好的碑拓基本能保留原作的风貌，虽然笔墨的干湿、枯润、浓淡以及细微的连缀难以传神地再现，但结字的间架还是可以表现出来的，多临摹还是有好处的，更重要的是我们要善于"通过刀锋看笔锋"，想象其墨迹的神态。而临帖则不同了，帖保留了原作墨迹的实际状况，更何况现在高科技十分发达，可以毫不失真地把它们复制下来，供我们随意使用，为我们"师笔不师刀"创造了更便利的条件。

再如用笔与结字并重。赵孟頫曾有名言："书法以用笔为上，而结字亦须用功。"这似乎已成为书法界的共识。但我以为不然：书法当以结字为先，尤其是在初期阶段。而运笔与结字的关系又可以通过临摹碑帖得到统一，即运笔要看墨迹，结字可观碑志。再如"不师今人师古人"，效法今人也许便于立竿见影，但也容易拾人牙慧，从人乞讨，误入"邯郸学步"的歧途。而古人的作品，特别是那些经过时代考验的作品，却是今人学习的永恒基础，可以保证我们有正确的审美观念而不至于走火入魔。当然师古人的时候也要有所选择，别以"断骨体""海参体""烟灰缸体"为尚就是了。

首先说明，这里所说的诗是指汉诗，书指汉字的书法，画指中国画。

大约自从唐代郑虔以同时擅长诗书画被称为"三绝"以后，这便成了书画家多才多艺的美称，甚至成为对一个书画家的要求条件。但这仅只是说明三项艺术具备在某一作者身上，并不说明三者的内在关系。

古代又有人称赞唐代王维"诗中有画，画中有诗"，以后又成了对诗、画评价的常用考语。这比泛称三绝的说法，当然是进了一步。现在拟从几个不同的角度，探索一下诗书画的关系。

一

"诗"的涵义。最初不过是徒歌的谣谚或带乐的唱辞，在古代由于它和人们的生活有着密切的关系，又发展到政治、外交的领域中，起着许多作用。再后某些具有政治野心、统治欲望的"理论家"硬把古代某些歌辞解释成为含有"微言大义"的教条，那些记录下来的歌辞又上升为儒家的"经典"。这是诗在中国古代曾被扣上过的几层帽子。

客观一些，从哲学、美学的角度论的"诗"，又成了"美"的极高代称。一切山河大地、秋月春风、巍峨的建筑、优美的舞姿、悲欢离合的生活、壮烈牺牲的事迹等，都可以被加上"诗一般的"这句美誉。若从这个角度来论，则书与画也可被包罗进去。现在收束回来，只谈文学范畴的"诗"。

二

诗与书的关系。从广义来说，一个美好的书法作品，也有资格被加上"诗一般的"四字桂冠，现在从狭义讨论，我便认为诗与书的关系远远比不上诗与画的关系深厚。再缩小一步，我曾认为书法不能脱离文辞而独立存在，即使只写一个字，那一个字也必有它的意义。例如写一个"喜"字或一个"福"字，都代表着人们的愿望。一个"佛"字，在佛教传入以后，译经者用它来对梵音，不过是一个声音的符号，而纸上写的"佛"字，贴在墙上，就有人向它膜拜。所拜并非写的笔法墨法，而是这个字所代表的意义。所以我曾认为书法是文辞以至诗文的"载体"。近来有人设想把书法从文辞中脱离出来而独立存在，这应怎么办，我真是百思不得其法。

但转念书法与文辞也不是随便抓来便可用的瓶瓶罐罐，可以任意盛任何东西。一个出土的瓷虎子，如果摆在案上插花，懂得古器物的人看来，究竟不雅。所以即使瓶瓶罐罐，也不是没有各自的用途。书法即使作为"载体"，也不是毫无条件的；文辞内容与书风，也不是毫无关联的。唐代孙过庭《书谱》说："写《乐毅》则情多怫郁，书《画赞》则意涉瑰奇，《黄庭经》则怡怿虚无，《太师箴》又纵横争折。暨乎兰亭兴集，思逸神超；私门诫誓，情拘志惨。所谓涉乐方笑，言哀已叹。"王羲之的这些帖上是否果然分别表现着这些种情绪，其中有无孙氏的主观想象，今已无从在千翻百刻的死帖中得到印证，但字迹与书写时的情绪会有关系，则是合乎情理的。这是讲写者的情绪对写出的风格有所影响。

还有所写的文辞与字迹风格也有适宜与否的问题。例如用颜真卿肥厚的笔法、圆满的结字来写李商隐的"昨夜星辰昨夜风"之类的无题诗，或用褚遂良柔媚的笔法、俊俏的结字来写"杀气冲霄，儿郎虎豹"之类的花脸戏词，也使人觉得不是滋味。

归结来说，诗与书，有些关系，但不如诗与画的关系那么密切，也不如那么复杂。

三

书与画的关系问题。这是一个大马蜂窝，不可随便乱捅。因为稍稍一捅，即会引起无穷的争论。但题目所逼，又不能避而不谈，只好说说纯粹属于我个人的私见，并不想"执途人以强同"。

我个人认为"书画同源"这个成语最为"书画相关论"者所引据，但同"源"之后，当前的"流"还同不同呢？按神话说，人类同出于亚当、夏娃，源相同了，为什么后世还有国与国的争端，为什么还有种族的差别，为什么还要语言的翻译呢？可见"当流说流"是现实的态度，源不等于流，也无法代替流。

我认为写出的好字，是一个个富有弹力、血脉灵活、寓变化于规范中的图案，一行一篇又是成倍数、方数增加的复杂图案。写字的工具是毛笔，与作画的工具相同，在某些点画效果上有其共同之处。最明显的例如元代柯九思、吴镇，明清之间的龚贤、渐江等，他们画的竹叶、树枝、山石轮廓和皴法，都几乎完全与字迹的笔画调子相同，但这不等于书画本身的相同。

书与画，以艺术品种说，虽然殊途，但在人的生活上的作用，却有共同之处。一幅画供人欣赏，一幅字也无二致。我曾误认文化修养不深的人、不擅长写字的人必然只爱画不爱字，结果并不然。一幅好字吸引人，往往并不少于一幅好画。

书法在一个国家民族中，既具有"上下千年、纵横万里"的经历，直到今天还在受人爱好，必有它的特殊因素。又不但在使用这种文字的国家民族中如此，而且越来越多地受到并不使用这种文字的兄弟国家民族的艺术家们注意。为什么？这是个值得探索的问题。

我认为如果能找到书法艺术所以能起如此作用，能有如此影响的原因，把这个"因"和画类同样的"因"相比才能得出它们的真正关系。这种"因"是两者关系的内核，它深于、广于工具、点画、形象、风格等外露的因素。所以我想与其说"书画同源"，不如说"书画同核"，似乎更能概括它们的关系。

有人说，这个"核"究竟应该怎样理解，它包括哪些内容？甚至应该探讨一下它是如何形成的。现在就这个问题作一些探索。

一、民族的习惯和工具：许多人长久共同生活在一块土地上，由于种种条件，使他们使用共同的工具。

二、共同的好恶：无论是先天生理的或后天习染的，在交通不便时，久而蕴成共同心理、情调以至共同的好恶，进而成为共同的道德标准、教育内容。

三、共同的表现方法：用某种语辞表达某些事物、情感，成为共同语言。用共同办法来表现某些形象，成为共同的艺术手法。

四、共同的传统：以上各种习惯，日久成为共同的各方面的传统。

五、合成了"信号"：以上这一切，合成了一种"信号"，它足以使人看到甲联想乙，所谓"对竹思鹤""爱屋及乌"，同时它又能支配生活和影响艺术创作。合乎这个信号的即被认为谐调，否则即被认为不谐调。

所以我以为如果问诗书画的共同"内核"是什么，是否可以说即是这种多方面的共同习惯所合成的"信号"。一切好恶的标准，表现的手法，敏感而易融的联想，相对稳定甚至于有排他性的传统，在本民族（或集团）以外的人，可能原来无此感觉，但这些"信号"是经久提炼而成的，它的感染力也绝不永久限于本土，它也会感染别人，或与别的信号相结合，而成为新的文化艺术品种。

当这个信号与另一民族的信号相遇而有所比较时，又会发现彼此的不足或多余。所谓不足、多余的范围，从广大到细微，从抽象到具体，并非片言可尽。姑从缩小范围的诗画题材和内容来看，如把某些诗歌中常用的词汇、所反映的生活，加以统计，它的雷同重复的程度，会使人吃惊甚至发笑。某些时代某些诗人、画家总有爱咏、爱画的某些事物，又常爱那样去咏、那样去画。也有绝不"入诗""入画"的东西和绝不使用的手法。彼此影响，互相补充，也常出现新的风格流派。

这种彼此影响，互成增减的结果，当然各自有所变化，但在变化中又必然都带有其固有的传统特征。那些特征，也可算作"信号"中的组成部分。它往往顽强地表现着，即使接受了乙方条件的甲方，还常能使人看出它是甲而不是乙。

再总括来说，前所谓的"核"，也就是一个民族文化艺术上由于共同工具、共同思想、共同方法、共同传统所合成的那种"信号"。

四

诗与画的关系。我认为诗与画是同胞兄弟，它们有一个共同的母亲，即是生活。具体些说，即是它们都来自生活中的环境、感情等，都有美的要求、有动人力量的要求等。如果没有环境的启发、感情的激动，写出的诗或画，必然是无病呻吟或枯燥乏味的。如果创作时没有美的要求，不想有动人的力量，也必然使观者、读者味同嚼蜡。

这些相同之处，不是人人都同时具备的，也就是说不是画家都是诗人，诗人也不都是画家。但一首好诗和一幅好画，给人们的享受则是各有一定的分量，有不同而同的内核。这话似乎未免太笼统、太抽象了。但这个原则，应该是不难理解的。

从具体作品来说，略有以下几个角度：

一、评王维的"诗中有画，画中有诗"这两句名言，事实上已把诗画的关系缩得非常之小了。请看王维诗中的"画境"名句，如"山中一夜雨，树杪百重泉""竹喧归浣女，莲动下渔舟""草枯鹰眼疾，雪尽马蹄轻""坐看红树不知远，行尽青山忽见人"等著名佳句，也不过是达到了情景交融甚或只够写景生动的效果。其实这类情景丰富的诗句或诗篇，并不止王维独有，像李白、杜甫诸家，也有许多可以媲美甚至超过的。李白如"朝辞白帝彩云间""天门中断楚江开"，《蜀道难》诸作；杜甫如"吴楚东南坼""无边落木萧萧下"，《奉观严郑公厅事岷山沱江画图十韵》诸作，哪句不是"诗中有画"？只因王维能画，所以还有下句"画中有诗"，于是特别取得"优惠待遇"而已。

至于王维画是个什么样子，今天已无从得以目验。史书上说他"云峰石迹，迥出天机，笔意纵横，参乎造化"。这两句倒真达到了诗画交融的高度，但又夸张得令人难以想象了。试从商周刻铸的器物花纹看起，中经汉魏六朝，隋唐宋元，直到今天的中外名画，又哪一件可以证明"天机""造化"是个什么程度？王维的真迹已无一存，无从加以证实，那么王维的画便永远在"诗一般的"极高标准中"缺席判决"地存在着。以上是说诗与画二者同时具备于一人笔下的问题。

二、画面境界会因诗而丰富提高。画是有形的，而又有它的先天局限性。画某人的像，如不写明，不认识这个人的观者就无从知道是谁。一个风景，也无从知道画上的东西南北。等等情况，都需要画外的补充。而补充的方法，又不能在画面上多加小注。即使加注，也只能注些人名、地名、花果名、故事名，却无从注明其中要表现的感情。事实上画上的几个字的题辞以至题诗，都起着注明的作用，如一人骑驴，可以写"出游""吟诗""访友"甚至"回家"，都可因图名而唤起观者的联想，丰富了图中的意境，题诗更足以发挥这种功能。但那些把图中事物摘出排列成为五、七言有韵的"提货单"，则不在此内（不举例了）。

杜甫那首《奉观严郑公厅事岷山沱江画图十韵》诗，首云："沱水流中坐，岷山到北堂。"这幅画我们已无从看到，但可知画上未必在山上注写"岷山"，在水中注写"沱水"。即使曾有注字，而"流"和"到"也必无从注出，再退一步讲，水的"流"可用水纹表示，而山的"到"，又岂能画上两脚呢！无疑这是诗人赋予图画的内容，引发观画人的情感，诗与画因此相得益彰。今天此画虽已不存，而读此诗时，画面便如在眼前。甚至可以说，如真见原画，还未必比得上读诗所想的那么完美。

再如苏轼《虔州八境图八首》（其二）云："涛头寂寞打城还，章贡台前暮霭寒。倦客登临无限思，孤云落日是长安。"我生平看到宋画，敢说相当不少了，也确有不少作品能表达出很难表达的情景，即此诗中的涛头、城郭、章贡台、暮霭、孤云、落日都不难画出，但苏诗中那种回肠荡气的感情，肯定画上是无从具体画出的。

又一首云:"朱楼深处日微明,皂盖归时酒半醒。薄暮渔樵人去尽,碧溪青嶂绕螺亭。"和前首一样,景物在图中不难一一画出,而诗中的那种惆怅心情,虽荆、关、李、范也必无从措手的。这八境图我们已知是先有画后题诗的,这分明是诗人赋予图画以感情的。但画手竟然用他的图画启发了诗人这些感情,画手也应有一份功劳。更公平地说,画的作用并不只是题诗用的一幅花笺,能引得诗人题出这样好诗的那幅画,必然不同于寻常所见的污泥浊水。

三、诗画可以互相阐发。举一个例:曾见一幅南宋人画的纨扇,另一面是南宋后期某个皇帝的题字,笔迹略似理宗。画一个大船停泊在河边,岸上一带城墙,天上一轮明月。船比较高大,几占画面三分之一,相当充塞。题字是两句诗,"沉寥明月夜,淡泊早秋天",不知是谁作的。也不知这两面纨扇,是先有字后补图,还是为图题的字。这画的特点在于诗意是冷落寂寞的,而画面上却是景物稠密的,妙处在即用这样稠密的景物,竟能把"沉寥""明月夜"和"淡泊""早秋天"的难状内容,和盘托给观者。足使任何观者都不能不承认画出了以上四项内容,而且了无差错。如果先有题字,则是画手善于传出诗意,这定是深通诗意的画家;如果先有画,则是题者善于捉住画中的气氛,而用语言加工成为诗句。如诗非写者所作,则是一位善于选句的书家。总之或诗中的情感被画家领悟,或画家的情感被题者领悟,这是"相得益彰"的又一典范。

其实所见宋人画尤其许多纨扇小品,一入目来便使人发生某些情感的不一而足。有人形容美女常说"一双能说话的眼睛",我想借喻好画说它们是一幅幅"能说话的景物，能吟诗的画图"。

可以设想在明清画家高手中如唐六如、仇十洲、王石谷、恽南田诸公，如画沉寥淡泊之景，也必然不外疏林黄叶、细雨轻烟的处理手法。更特殊的是那幅画大船纨扇的画家，是处在"马一角"的时代，却不落"一角"的套子，岂能不算是豪杰之士！

四、诗画结合的变体奇迹。元代已然是"文人画"（借用董其昌语）成为主流，在创作方法上已然从画帧上贴绢立着画而转到案头上铺纸坐着画了。无论所画是山林丘壑还是枯木竹石，他们最先的前提，不是物象是否得真，而是点画是否舒适。换句话说，即是志在笔墨，而不是志在物象。物象几乎要成为舒适笔墨的载体，而这种舒适笔墨下的物象，又与他们的诗情相结合，成为一种新的东西。倪瓒那段有名的题语说他画竹只是写胸中的逸气，任凭观者看成是麻是芦，他全不管。这并非信口胡说，而确实代表了当时不仅止倪氏自己的一种创作思想。能够理解这个思想，再看他们的作品，就会透过一层。在这种创作思想支配下，画上的题诗，与物象是合是离，就更不在他们考虑之中了。

倪瓒画两棵树一个草亭，硬说它是什么山房，还振振有辞地题上有人有事有情感的诗。看画面只能说它是某某山房的"遗址"，因为既无山又无房，一片空旷，岂非遗址？但收藏著录或评论记载的书中，却无一写它是"遗址图"的，也没人怀疑诗是抄错了的。

到了八大山人又进了一步，画的物象，不但是"在似与不似之间"，几乎可以说他简直是要以不似为主了。鹿啊，猫啊，翻着白眼，以至鱼鸟也翻白眼。哪里是所画的动物翻白眼，可以说那些动物都是画家自己的化身，在那里向世界翻着白眼。在这种画上题的诗，也就不问可知了。具体说，八大题画的诗，几乎没有一首可以讲得清楚的，想他原来也没希望让观者懂得。奇怪的是那些"天晓得"的诗，居然曾见有人为它诠释。雅言之，可说是在猜谜；俗言之，好像巫师传达神语，永远无法证实的。

但无论倪瓒或八大，他们的画或诗以及诗画合成的一幅幅作品，都是自标新义、自铸伟辞，绝不同于欺世盗名、无理取闹。所以说它们是瑰宝，是杰作，并不因为作者名高，而是因为这些诗人、画家所画的画、所写的字、所题的诗，其中都具有作者的灵魂、人格、学养。纸上表现出的艺能，不过是他们的灵魂、人格、学养升华后的反映而已。如果探索前边说过的"核"，这恐怕应算核中一个部分吧！

五、诗画结合也有庸俗的情况。南宋邓椿《画继》记载过皇帝考画院的画手，以诗为题。什么"乱山藏古寺"，画山中庙宇的都不及格，有人画山中露出鸱尾、旗杆的才及了格。"万绿丛中红一点"，画绿叶红花的都不及格，有人画竹林中美人有一点绛唇的乃得中选。"踏花归去马蹄香"，画家无法措手，有人画马蹄后追随飞舞着蜜蜂蝴蝶，便夺了魁。如此等等的故事，如果不是记录者想象捏造的，那只可以说这些画是"画谜"，谜面是画，谜底是诗，庸俗无聊，难称大雅。如果是记录者想象出来的，那么那些位记录者可以说"定知非诗人"（苏轼诗句）了。

从探讨诗书画的关系，可以理解前人"诗禅""书禅""画禅"的说法，"禅"字当然太抽象，但用它来说诗、书、画本身许多不易说明的道理，反较繁征博引来得概括。那么我把三者关系说它具有"内核"，可能辞不达义，但用意是不难理解的吧？我还觉得，探讨这三者之间的关系，必须对三者各自具有深刻的、全面的了解。在了解的扎实基础上再能居高临下去探索，才能知唐宋人的诗画是密合后的超脱，而倪瓒、八大的诗画则是游离中的整体。这并不矛盾，引申言之，诗书画三者间，也有其异中之同和同中之异的。

一九八五年四月十八日

"没骨""双勾""勾花点叶"

没骨　不用线条勾勒轮廓，直接用各种颜色涂成物体形象的一种画法。因为没有墨线骨干，所以叫做"没骨法"。宋郭若虚《图画见闻志》卷六记徐崇嗣的《没骨图》说："……画芍药五本……皆无笔墨，惟用五彩布成。"徐崇嗣是在他祖父徐熙善于染色的"写生"画法基础上，又发展了一步，完成"没骨"画派的，所以追溯这一派的渊源，又常上推到徐熙。后世更有将梁代张僧繇画"凹凸花"事算作没骨法的起源，未免接近附会。古代还有一派只用彩色描绘不用墨笔线条的山水画，也被称做"没骨"派。

双勾　用单线条描出物体形象的轮廓，术语叫做"勾"或"勾勒"。由于在进行描画时，基本上是用左右或上下两笔勾成物形——如用两条近似平行的线勾出一枝树干或用两条弧线勾出一片树叶，所以又称为"双勾"。在技法上，这是对涂色，渲染各项用笔而言的；在风格、形式上是对"没骨"画法而言的。如宋代黄筌一派的花卉，画面所有物形，基本上都用线条勾出，再填染彩色。又如宋赵孟坚画水仙花，元张逊画竹，都只用墨笔单线勾出。这全属于"双勾"法。后一派——赵、张的画法因为不染任何颜色，所以又叫做"白描"。

勾花点叶　明代以来花卉画风的一种。因为一般花瓣比较单

---

① 此副标题为编者所加。

弱，颜色也多半娇嫩，所以用线条勾出；叶子比较厚，颜色也比较浓，所以用一两笔即全面抹、点而成。这一派，普通称它为"勾花点叶"。明代周之冕等是这一类画法的大量使用而有成就的人。

"青绿山水""浅绛山水"

青绿山水 画面彩色大量用浓重的"石青""石绿"颜料，以表现山石的厚重和苍翠，增加画面爽朗、富丽的效果。还有在青绿山石的轮廓上加勾金色来增加画面的光彩和装饰趣味的，叫做"金碧山水"。这种青绿颜料的运用，古代已有，到了隋代的展子虔、唐代的李思训又更加发展，达到成熟的地步。现在北京故宫博物院藏的展子虔《游春图》、北宋王希孟《千里江山图》、南宋赵伯驹的《江山秋色图》等，都是不同风格的古代"青绿山水"杰作。

浅绛山水 "浅绛"是一种运用色彩的方法。为了破除画面上只用墨笔的单调，为了使得某些部分的形象突出，或增加画面上某种气氛，只用淡赭色渲染人面、树皮以及部分山石。用"浅绛画法"的山水画叫做"浅绛山水"，后世有把一些彩色较多但赭色占主要部分的山水画也混称作"浅绛山水"。

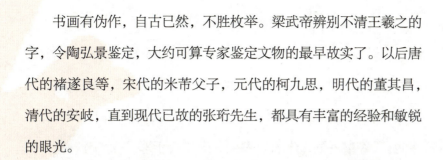

一

书画有伪作，自古已然，不胜枚举。梁武帝辨别不清王羲之的字，令陶弘景鉴定，大约可算专家鉴定文物的最早故实了。以后唐代的褚遂良等，宋代的米芾父子，元代的柯九思，明代的董其昌，清代的安岐，直到现代已故的张珩先生，都具有丰富的经验和敏锐的眼光。

既称为鉴定，当然须在眼见实物的条件下，才能作出判断，而事实却有许多有趣的例外。我曾听老辈说过康有为一件事：有人拿一卷字画请康题字，康即写"未开卷即知为真迹"，见者无不大笑。原来求题的人完全是"附庸风雅"，康又不便明说它是伪作，便用这种开玩笑的办法来应付藏者，也就是用"心照不宣"的办法来暗示识者。这种用 X 光式的肉眼来鉴定书画，恐怕要算文物界的奇闻吧？

相反地，未开卷即知为伪迹的，或者说未开卷即发现问题的，也不乏其例。假如有人拿来四条、八条颜真卿写的大屏，那还用打开看吗？

我曾从著录书上、法帖上看到两件古法书的问题，一件是米芾的《宝章待访录》，一件是张即之写的《汪氏报本庵记》。这两件的破绽，都是从一个"某"字上露出来的。

先要谈谈"某"字的意义和它的用法。

"某"是不知道一个人姓名、身份等，或不知一件事物的名称、性质等，找一个代称字，在古代也有用符号"厶"的。陆游《老学庵笔记》卷六说："今人书某为厶，皆以为从俗简便，其实古某字也。《谷梁·桓二年》：'蔡侯、郑伯会于邓。'范宁注曰：'邓厶地。'陆德明《释文》曰：'不知其国，故云厶地，本又作某。'"按：自广义来说，凡字都是符号；自狭义来说，"厶"在六书里，无所归属，即说它是"从俗简便"，实在也没什么不可的。况且从校勘的逻辑上讲，陆放翁的话也有所不足。同一种书，有两个版本，甲本此字作A，乙本此字作B。A之与B不同，可能是同一字的异体，也可能是另一字。用法相同的字，未必便算是同一字。但可见唐代以前，这"厶"符号，已经流行使用了。

今天见到的唐代虞世南书《汝南公主墓志》草稿中，即把暂时不确知的年月写成"厶年厶月"以待填补。这卷草稿虽是后人钩摹的，但保存着原来的样式。

又有写作"厶乙"符号的，有人认为即是"某乙"的简写，其实只是"厶"号的略繁写法，如果是"某乙"，那怎么从来没见有将"某甲"写作"厶甲"的呢？代称字用符号"厶"，问题并不大，而"某"字却在后世发生了一些纠葛。

《论语》中"某在斯、某在斯"，是第一人对第二人称第三人的说法。古籍中凡第一身自称作"某"的，都是旁人记述这个人的话。因为古代人常自称己名，没有自用"某"字自作代称的。我们从古代人的书札或撰写的碑铭墓志的拓本中，都随处可以见到。例如苏轼自己称"轼"，朱熹自己称"熹"。

古代子孙口头、笔下都要避上辈的讳，虽有"临文不讳"的说法见于礼经明文，但后世习俗，越避越广，编上辈文集的人，常常把上辈自己书名处，也用"某"字代替。我们如拿文集的书本和其中同一文的碑铭石刻或书札墨迹比观，即不难看到改字的证据。

不知什么时候开始，有人自己称"某"。我们有时听到二人谈话，当自指本人时，常说"我张某人""我李某人"，他们确实不是要自讳其名，而是习而不察，成为惯例。

清代诗人王士禛，总不能算不学了吧？但他给林佶有几封书札，是林氏为他写《渔洋精华录》时，商量书写格式的，有一札嘱咐林氏在一处添上他的名字，原札这样写："钱牧翁先生见赠古诗，题下添注贱名二字。"此下便写出他要求添注的写法是"古诗一首赠王贻上"一行大字，又在这一行的右下边注两个小字"士○"。如果只看录文的书籍，必然要认为是刻书人避雍正的讳，画上一个圈。谁知即是王士禛自讳其名呢！刑部尚书大官对门生属吏的派头，在这小小一圈中已跃然纸上了。所以宋代田登作郡守，新春放灯三日，所出的告示中不许写"灯"字，去掉"灯"字右半，只写"放火三日"。与此真可谓无独有偶。

三

宋代米芾好随手记录所见古代法书名画，记名画的书，题为《画史》，记法书的书，题为《书史》。

《书史》之外，还有一部记法书的书，叫做《宝章待访录》。这部书早已有刻本。明代末叶一个收藏鉴定家张丑，收到一卷《宝章待访录》的墨迹，他相信是米芾的真迹，因而自号"米庵"。这卷墨迹的全文，他全抄录下来，附在他所编著的《清河书画舫》一书之中。这卷墨迹一直传到二十世纪二十年代初期，还在收藏鉴赏家景贤手中。景氏死后，已不知去向。

这卷墨迹，我没见到过，但从张丑抄录的文词看，可以断定是一件伪作。理由是，其中凡米芾提到自己处，都不作"芾"，而作"某"。

我们今天看到许多米芾的真迹，凡自称名处，全都作"黻"或"芾"，他记录所见书画的零条札记，流传的有墨迹也有石刻，石刻如《英光堂帖》《群玉堂帖》等等，都没有自己称名作"某"字的。可知这卷墨迹必是出自米氏子孙手所抄。北京图书馆藏米芾之孙米宪所辑《宝晋山林集拾遗》宋刻原本，有写刻米宪自书的序，字体十分肖似他的祖父，比米友仁还像得多，那么安知不是米宪这样手笔所抄的？如果出自米宪诸人，也可算"买王得羊"，"不失所望"了。谁知卷尾还有一行，是："元祐丙寅八月九日米芾元章撰。"这便坏了，姑先不论元祐丙寅年时他署名用"黻"或用

"芾"，即从卷中自避其名，而卷尾忽署名与字这点上看，也是自相矛盾的。

现在还留有一线希望，如果这末行名款与卷中全文不是一手所写，而属后添，那么全卷正文或出自米氏子孙所录，不失为宋人手迹，本无真伪之可言；如果末行名款与正文是一手所写，那便是照着刻本仿效米芾字体，抄录而成，可算彻底伪物了。好事的富人收藏伪物，本是合情合理的，但张丑、景贤，一向被认为是有眼力的鉴赏家，也竟自如此上当受骗，岂非咄咄怪事乎？

四

又南宋张即之书《汪氏报本庵记》，载在《石渠宝笈》，刻在《墨妙轩帖》，原迹曾经延光室摄影发售，解放后又影印在《辽宁博物馆藏法书》中。全卷书法，结体用笔，转折顿挫，与张氏其他真迹无不相符，但文中遇到撰文者自称名处，都作"某"。这当然不能是张即之自己撰著的文章了。在一九七三年以前，张氏一家墓志还没发掘出来时，张氏与汪氏有无亲戚关系，还不知道，无法从文中所述亲戚关系来作考察。看到末尾，署名处作"即之记"三字。记是记载，是撰著文章的用词，与抄、录、书、写的意义不同，那么难道南宋人已有自称为"某"像"我张某人"的情况了吗？这个疑团曾和故友张珩先生谈起。张先生一次到辽宁鉴定书画，回来告诉我，说"即之记"三字是挖嵌在那里的。可能全卷不止这一篇，或者文后还有跋语，作伪者把这三个字从旁处移来，嵌在这里，便成了张即之撰文自称为"某"了。究竟文章是谁作的呢？友人徐邦达先生在楼钥的《攻媿集》中找到了，那么这个"某"字原来是楼氏子孙代替"钥"字用的。这一件似真而假，又似假而真的张即之墨迹公案，到此真相才算完全大白了。

五

还有古画名款问题。在那十年中"征集"到的各地文物，曾在北京故宫博物院中展出。有一幅宋人画的雪景山水，山头密林丛郁，确是范宽画法。三拼绢幅，更不是宋以后画所有的。宋人画多半无款，这也是文物鉴赏方面的常识。但这幅画中一棵大树干上不知何时何人写上"臣范宽制"四个字，便成画蛇添足了。

按，宋人郭若虚《图画见闻志》中说得非常明白，范宽名中正，字中（仲）立。性温厚，所以当时人称他为"范宽"。可见宽是他的一个诨号。正如舞台上的包拯，都化装黑脸，小说中便有"包黑"的诨号。有农村说书人讲包拯故事，说到他见皇帝时，自称"臣包黑见驾"，这事早已传为笑谈。有人问我那张范宽画是真是假，我回答是真正宋代范派的画。问者又不满足于"范派"二字，以为分明有款，怎么还有笼统讲的余地？我回答是，如不提到款字，只看作品的风格，我倒可以承认它是范宽，如以款字为根据，那便与"臣包黑见驾"同一逻辑了。

所以在摄影印刷技术没有发达之前，古书画全凭文字记载，称为"著录"。见于著名收藏鉴赏家著录的作品，有时声价十倍。其实著录中也不知误收多少伪作品，或冤屈了多少好作品。

例如前边所谈的《宝章待访录》，如果看到原件，印证末行款字是否后人妄加，它可能不失为一件宋代米氏后人传录之本；《汪氏报本庵记》如果仅凭《石渠宝笈》和《墨妙轩帖》，它便成了伪作；宋人雪景山水，如果有详细著录像《江村销夏录》的体例，也只能录下"臣范宽制"四个款字，倘若原画沉埋，那不但成了一桩古画"冤案"，而且还成了"包黑"之外的又一笑柄。

从这里得到三条经验：古代书画不是一个"真"字或一个"假"字所能概括；"著录"书也在可凭不可凭之间；古书画的鉴定，有许多问题是在书画本身以外的。

漫谈 金石书画

金石书画部分的内容比较多，这里只能作一个简括的介绍，谈谈个人的一点看法，研究方面的一点门径，一点线索。

伟大的中华民族文化，我认为好比一朵花，花蒂、花蕊、花瓣等，都是它的重要组成部分。这个文化史讲座的各个方面，好比是花的各个部分，金、石、书、画也是其中的一个部分。

金、石、书、画，本不是同一性质，同一用途，但在整个的中华民族文化中，这四项都成为中华民族艺术的特征，也可说是中华民族艺术所特有的。以下按次序作一些简单的介绍。

一、金

金就是金属，包括铜、铁等。这里是指用铜、铁等金属所制的器皿、器物，特别是古代的铜器。它们不管是作为实用的或是祭祀的，都是铜及其合金所制的器物。这些在商、周——人们往往说"三代"，就是夏、商、周。其实夏到现在还没有十分弄清楚，一般认为夏文化是相当于龙山文化这一系，但夏的文化究竟是什么程度，还不甚清楚。所以"三代"文化，有把握的只能指商、周。古代把商、周的铜器叫做"吉金"，就是好的金，吉祥的金。这种冶炼方法在当时已很发达，已能制造合金。制造出来的器皿，很多都有刻铸的文字。现在一般说的"金"是指金文，又叫"钟鼎文"。

商、周时代，诸侯贵族常常大批地制作铜器，上面刻铸铭文，现在陆续出土的不少。有时一个人只能铸一个器，有时又可一次铸好几个器。当时参与这种劳动的人民，大部分就是当时的奴隶。他们创作了千变万化的器形、妆饰图案，雕铸了种种文字铭记（记载谁、在哪年、为什么事情而制作这器）。这些器物，从商周以后长期沉埋在地下。许慎有"郡国亦往往于山川得鼎彝"的话，可见汉朝时已有出土的。

这种陆续的出土，到清朝末年，成为研究的大宗。拓本、实物，日呈纷纭，使人眼花缭乱，非常丰富多彩。到了现在，对于这方面的研究探讨就更加繁荣，方法也更加科学。从前的收藏家，不是官僚就是有钱人，他们的收藏，往往秘不示人。偶然有拓本流传出来，也不是人人可得而见之的。现在印刷术方便了，从器形到文字，大家都能看到，具有研究的条件，所以研究日见深入。发掘的方式，也愈有经验，愈加科学。从前出土的器物，辗转于古董商人与收藏家之间。它是哪里出土的？不知道。甚至一个器的盖子在一个人手里，而器本身则到另一个人手里。这种情况很多。一批出土有多少铜器？也不知道，都零零星星地散出去了。这在研究上是很费事的，因为缺乏许多辅助证据。许多奸商为了贪图得利，多卖钱，还卖到外国去。我们现在从发掘到整理、考订、印刷、编辑，都是有系统的，对于研究者有莫大的方便。可以取各个角度：器形、花纹、文字，以至它的历史背景、制作的人物、各诸侯封国的地理等等，或者是有人想学写古篆字，也可以用来作范本。例如从制作来说，往往一个人所制的不止一件，我们只要看到各器上都有同一个人的名字，便可知道它们是属于同一个人制作的一套器物。

这样，我们对于古代历史、古代人的各方面（包括生活习惯），就能有更清楚、更详细、更豁亮的了解。近年来在陕西发掘了许多成套成批的窖藏青铜器，大多是同一人或同一家族的，这样研究起来就很方便了。

从宋代到清代，大都把这类器物叫做"古董"，也叫"古玩"，是文人鉴赏的玩物。即或考证点文字，也是瞎猜。我们当然不能否认他们的考证功劳，但那是极其有限，远远不够的，还有许多错误。稍进一步的，把它们当做艺术品。西洋人、日本人买去中国的古铜器，研究它们的花纹。中国人也有研究花纹的。这种情形，大约始于六十多年前，这仍是停留在局部的研究，偶然有几个器皿作点比较。谈到全面地着手研究，我们不能不佩服近代的容庚容希白先生，他对于铜器研究的功劳是很大的。他著有《商周彝器通考》，连器形、花纹带铭文都加以研究；还著有《金文编》，把青铜器上的字按类按《说文》字序编排，例如不同器皿上的"天"字，都放在一块。这是近代真正下大气力全面地介绍和研究青铜器及金文的。此外，罗振玉的《三代吉金文存》，也是很重要的资料。现在已有人着手重新把至今出土的商周铜器铭文加以统编，这就更加全面了，只是现在还没有出版。

对于文字的考释，能令人心服口服的，首推不久前故去的于思泊（省吾）先生。他的考释最为扎实，绝不穿凿附会。他还用古文字考证古书，成就比清末孙诒让等人大得多了。到今天为止，容、于两先生的著作以及罗的《三代吉金文存》等，仍是我们研究铜器和金文的重要参考材料。随着条件的改善，今后在这方面的研究一定会愈来愈完备，愈来愈深入。

甲骨文也被附在金文之后，讲金石的书往往连带讲甲骨，不是附在前头就是附在后头。其实甲骨应和铜器同样看待，甲骨文是金文的前身。商代刻在甲骨和铜器上的文字，往往有很大的相似，所以甲骨也应放在我们现在谈"金"的范围。现在出版了《甲骨文合集》，非常完备，研究起来不愁没有材料，不会被人垄断了。但甲骨文我不懂，不能随便说，只能谈到这里。

二、石

金、石常常并称。事实上金、石的性质、作用并不完全一样。古代的石刻有各方面的用途，所以它的形式和内容也就不同，文字因时代的关系也不同。汉朝也有铜器，但那上面的文字和商周铜器的文字迥然不同，一看就是汉朝的东西。此外，花纹和刻法也各不相同（商周铜器上的字，大部分是铸的，少部分是刻的）。

大批石刻的出现，应该说是从汉朝开始的。汉朝以前有没有石刻？有的，譬如说《石鼓文》。石鼓甭管它是什么年代的，总是秦统一天下以前的产物。唐朝人说是周宣王时作的，也有人说是北周即宇文周时候制作的。后来马衡先生经过全面考证，确定它是秦的刻石。这个秦，不是统一中国的秦朝，而是在西北地方未统一中国以前的秦国。可是还有问题：秦什么公？这个公那个公，众说纷纭，到今天尚无定论。

汉以前的石刻，起码石鼓是比较完整的，有一个石鼓的文字已经脱落，但是拓本还保留着。近年在河北满城古代中山国的地区，发掘出古代中山王的墓，里头有中山王的铜器，外边有一块石头，上面有两行字，也是战国时的刻石，比石鼓晚一些，但也是汉朝以前的刻石。所以古代石刻应追溯到石鼓和中山王墓刻石。《三代吉金文存》后面附有一小块石刻，文字和铜器文字很相像。什么时候刻的？不知道。这块石头现在也不知道哪儿去了。

现在所谓的"石"，大致是指汉代及汉代以后的石刻。讲求、探讨的也比较多。汉朝的碑是比较多。其实，秦碑也有，只是不作碑形，常常是在山岩上磨平一块石头刻字。现在秦碑的原刻几乎没有，流传的大多是翻刻的。原石保留下来的只有《琅玡台刻石》，保存在历史博物馆，上面的每个字都已经模糊了。还有《泰山刻石》，只剩下了几个字，残石还在泰山的岱庙里摆着。其余的都已毁掉了，只有汉碑算是大宗。

什么是碑？碑本来是坟墓竖立的一种标志。碑石有大有小，记载着墓主人的生平事迹。后来推而广之，不光是为死者立碑，也应用到生人，譬如一个官员调离，当地有人立碑为他歌功颂德。事实上这种大块的碑，就是石头做的大块布告牌，譬如修一座庙，前面立一块碑，说明庙的缘起；皇帝办了一件事，臣下恭维，或者皇帝自吹自擂，也刻一块，岂不是布告牌？像秦始皇、唐明皇，都曾经在摩崖上让臣下给刻上大块歌功颂德的文章，比后世大张纸贴的布告结实得多，意在流传千古，但事实上后来有的让人凿掉了，有的是山崖崩塌了。当初立碑的本意不过是歌颂、吹捧死者、官员乃至皇帝，但后来意料之外地被人注意，得以保存流传的，却不在于它那歌功颂德的内容，而在于它书写的文字，在于它保存了许许多多的书法。他们吹捧的内容，已无人注意。有人见到石刻残损文字而惋惜。我说，字少了，美术品少了一部分是坏事，但文词少了，念不全了，未必不是被吹捧者的幸事，因为他可以少出些丑。从前人制作拓本，往往是为了碑上头刻的字写得好，或者是时代早，宝贵得不得了。比如汉朝在华山立了一块碑，叫《华山庙碑》，在清朝末年只保留下来三本拓本，后来又发现了一本，这四本都价值连城，后面有许多人的题跋。这也不在于它的内容（当然也有人考证），而在于它的字。许多古碑也是如此。以前人对于碑只是着眼于先拓后拓，多一字少一字，稍后对碑形、花纹、制作乃至于刻工等方面，也加以研究。这与上述对于商周铜器的研究过程很有相似之处。

汉碑这种字，不管它刻得精不精，毕竟是用刀刻出来之后，用墨拓下来的，从前得到一本都很难。今天我们看到出土的多少万支竹木简，都是汉朝人的墨迹，直接用墨写的。这在书法艺术上、史料价值上，比起汉碑来又不相同了，这待下面再说。所以说，以前的人很可怜，看到一本墨拓，就那么几个字，多一笔少一笔，这里坏一块，那里不坏，争论个不休。这是因为时代和条件都有其局限，出土的东西也少。

还有一种叫墓志，也是一大宗。坟里头埋块石头，写上这人是谁，预备日后坟让人不知道是谁了，挖开一瞧，知道是谁，人家好给他埋上。这用意是很天真的，没想到后来人家正因为他坟里有墓志，就来挖他的坟，这种情形多得很。墓志有长条的，也有方块的，汉朝还没有这种东西，从南北朝一直到唐宋，都是很盛行的。墓志也和碑的性质一样，记载着死者的事迹，也属碑刻的性质。

再有一方面是"帖"。什么叫帖？本来很简单，指的是一张纸条儿或纸片儿，多是彼此的通信。现在还有便条儿，随便的纸条儿（今天的名片，也是纸条儿）。上边的字，写得比较随便，不像写碑那么郑重其事，确实另有趣味，大家比较重视，把这些有趣味的东西汇集起来。因为古代没有影印技术，只好钩摹下来刻在石头上或木板上，再用纸和墨拓下来，等于刻木板印书的办法，这种印刷品被人称作"帖"。事实上帖本来不是指墨拓的东西，而是指被刻的内容，即没刻以前的原件（纸条儿）叫"帖"。好比这是一部书，叫做《诗经》或《左传》，不是说它这个书套子或部头叫《诗经》或《左传》，而是指它的文字内容。所以"帖"也是指的所摹刻的内容。这个意义扩大了，凡是墨拓的刻本，被人作为字样子来写，作为参考品的，都被称为"帖"。如有人说："我这儿有一本帖。"打开一瞧，是个汉碑。为什么也把它叫做"帖"？因为它已经裁了条，裱成本，被人作为习字的范本，所以也被称作"帖"。因此说，"帖"的意义已经扩大了，凡是墨拓的、石刻的、裱成本的，大家都管它叫做"帖"。

帖写的多半是行书，随便写的；而碑版多半是很规矩很郑重的。所以一般又管写行书一派的叫"帖学"，管写楷书一派的叫"碑学"。这种说法，我认为是不太科学的。

现在，印刷技术方便了，碑帖的印本也多起来了，这里无法多举例，因为太多了。要论起整部的书来，比较方便查阅的，有清末民初的杨惺吾（守敬）编的一本《寰宇贞石图》，把整篇整幅的碑文影印出来，可以使我们看到碑版的全貌，很有用处；但是它是缩小的，碑有一丈、八尺，它也只能印成这么一张纸片儿，而且碑版的数量及文字说明也不多。近代赵万里先生辑有一部《魏晋南北朝墓志考释》，都是墓志，既影印拓本，也考释文词，是很好的。讨论石刻，有一部书也很重要，就是清朝末年叶昌炽所编的《语石》，它从各个角度、各个方面来论述石刻：多少种类、多少样子，多少用途，多少文字，多少书家……分量不多，但内容极其丰富，所遗憾的是没有附插图，要是每谈一个问题每举一个例子，都附上插图，就方便多了。今天要是想给《语石》补插图，就有很大的困难，许多原石都已找不到了。我想将来会有人给它进行扩充的。《语石》这种书，现在的人不是不能做，因为现在所出土的汉魏六朝隋唐的碑和墓志极多，比当年叶昌炽所能看到的要多出若干倍，要是加以统编，细细研究，附上插图，那就太好了。最近上海要出一本"扩大石刻文字汇编"之类的书（名字还未定），不久出版，最为方便了。

叶昌炽在他的《语石》一书中说：我研究这些石刻，主要地是为了它们的字写得好（大意）。字好，是碑存在的一个重要因素。立碑刻碑的人是为了歌颂他自己。人家保存这个碑，却是为了它写的字好。这是立碑、刻碑的人始料所不及的。由此可见，书法艺术自有它独立的、不能磨灭的艺术价值。

三、书

"书"本是文字符号。现在提的"书"不是从文字符号讲，也不是从文字学讲，而是从书法艺术讲。书法在中华民族有很深远的影响，由于汉字不仅被汉族，也被少数民族不同程度地使用着，所以，书法在中华民族文化中占很重要的位置。曾经有人提出，书法不是艺术，理由是西洋古代没有一个国家、一个民族把书法当艺术的。其实，中国特有而外国没有的东西太多了，难道都不算艺术了吗？如《红楼梦》是中国特有的，外国没有，就不算文学了吗？现在，这种观点逐渐纠正过来了。大家知道，书法是一种艺术，并且是广大人民喜闻乐见、非常爱好的艺术。

中国的汉字（各个有文字的民族都一样）一出现，写字的人就有要"写得好看"的要求和欲望。如甲骨文就是如此，不论单个字还是全篇字，结构章法都很好看。可见，自从有写字的行动以来，就伴随着艺术的要求，美观的要求。

秦汉以来的墨迹，近年出土的非常多。这里面丰富多彩，字形、笔法、风格，变化极多。从前只看到汉简，现在可以看到秦代的了。如湖北睡虎地的秦简，全是秦隶。从前人看见一本残缺不全的汉碑拓本，便视为珍宝。现在可以看见汉朝人的亲笔墨迹。日本人用过一个词，把墨迹叫做"肉迹"，即有血有肉，痛痒相关，我很欣赏这个词，经常借用。现在可以看到成千上万的秦汉人的"肉迹"，这是我们研究文学、研究书法、研究古代历史的莫大的幸福。

不论是秦隶还是汉隶，都是刚从篆体演变过来的，写起来单调而且费事。所以到了晋朝后，真书（又叫楷书、正书）开始定型。虽然各家写法不同，风格不同，但字形的结构形式是一致的。各种字体所运用的时间都不如真书时间久，真书至今仍在运用。为什么真书能运用这么久，因为这种字形在组织上有它的优越性。字形准确，写起来方便，转折自然，可连写，甚至多写一笔少写一笔也容易被人发现。真书写得萦连一点就是行书，再写得快一点就是草书。当然，草书另有一个来源，是从汉朝的章草演变而来的。但到东晋以后就与真书合流了，是用真书的笔法写草书，与用汉隶的笔法写章草不同。

真书行书的系统既是多有方便，所以千姿百态的作品不断出现，风格多种多样，出现了各种字体（艺术风格上被称为字体），比如颜体、柳体、欧体、褚体等。为什么以前没有？因为以前没有人专职写字、专以书法著名的，就连王羲之也不是专职写字的人。古代也没有"书法艺术家"这个称呼。当时许多碑都是刻碑的工人写的，到了唐朝才有文人写碑。唐太宗自己爱写字，自己写了两个碑《晋祠铭》《温泉铭》，还把这两个碑的拓本送外国使臣。当时的文人和名臣，如虞世南、欧阳询、褚遂良、薛稷、薛曜以及后来的颜真卿、柳公权等人都写碑。这样，书法的风格流派也逐渐增多了。其实，今天看见的敦煌、吐鲁番等地出土的文书、写经等，其水平真有远远超过写碑版的。唐朝一般人的文书里，行书的书法也有比《晋祠铭》好得多的，但那些皇帝、大官写出来的就被人重视。我们要知道，唐朝有许多无名的书法家的水平是很高的，写的字非常精美。晋唐流传下来的作品（不论是刻石还是墨迹）非常多，我们的眼福实在不浅。

附带说一下名称问题：古代称好的书法作品为"法书"，是说这件作品足以为法；书法、书道、书艺是指书写的方法，现在合二而一了，一律叫做"书法"。把写的字也叫做"书法"，省略了"作品"二字，可以说是"约定俗成"了。

如把"书"平列在"金""石""画"之间，那它的作用和用途就大多了，广多了。生活中的各个地方，没有与书法无关的，没有用不上书法的。也可以说，书法已经出现在任何地方，也发挥着极大的效用。从书法作品、实用的装饰品到书信往来，作为交际语言的记录工具，两人以至两国的信用证明（签字）都要用书法。书法活动既可以锻炼艺术情操，又可以调心养气，收到健身的效果。总而言之，今天看到书法有这样广大的爱好者，原因很简单，就是它和人们生活的关系十分密切，这种密切的关系又非常长久。北朝人曾经说过"尺牍书疏，千里面目"，给人写封信（尺牍）、写个条（书疏）等于相隔千里之远的两个人见面。现在有传真照相，可以寄照片，这是"千里面目"。但古代没有，看一封信，感到很亲切，如见其人。书法被人作为人格、形象的代表，自古以来就是这样。

有人常常问到什么是书法知识，说明需要抓紧编写学习书法的参考书。碑帖影印的很多了，但系统的讲解、分析是不很够的。怎么去写？大家很愿意了解。各家有各家的心得，这里就不多谈了。大家了解了书法的沿革，再多参考古代的碑帖，多看古代的墨迹，这样对书法的了解自然就会深刻，这样对写也有很多方便的地方。

四、画

画的起源，不用详谈。初民怎么画，只要看小孩怎么画就会明白。画很简单，可是有新鲜的趣味。看见什么就画什么，生活里面遇到什么，就随手画、刻到墙上，这是很自然的。值得特别注意的是，自从绘画成熟以后，形体逐渐地准确了，颜色也逐渐地丰富了。绘画成熟在什么时代？我们的估计往往是不对的。从近代科学考古发掘出的成果，可以看到这一点。画成熟的时代应该很早。古代的文化，从商周以来，不知经过多少次毁灭性的破坏，使后世无法看到。商周的铜器的铸造方法，近代很多人奇怪，那时就有那么高的合金技术！透光镜（铜镜子，可以透出光照到墙上），经过多少人研究，现代才发现有两种方案，但古人用哪一种方案，至今也不清楚。这说明我们有许多的科学发明、科学成就随着毁灭性的破坏而消失了。古代的绘画更脆弱了。一种是画在墙上，以为墙是结实的，但随着墙的毁坏，画也没有了。画在帛上的也不延年。唐宋人没见过古代的绘画，只看过武梁祠画像，根据这些推测判断汉朝绘画，以为汉朝绘画就是这样的。这样推论的起点太低了。不止绘画一种，我们对古代文化不了解的太多了。近代发现了汉朝墓室里的壁画，大家的看法才有所改观，觉得从前的推测是错的。近年长沙马王堆出土了帛画，使人看到出丧幡上的帛画，精致极了，比武梁祠的画不知高出多少倍。假定帛画是一百分，武梁祠的画只能算不及格。人们看到马王堆的帛画，无不惊诧变色，这才知道古代绘画水平已达到什么地步。我们应该以这（西汉初年）作为起点，往上推溯商周绘画应该有什么样的成就。看到了马王堆出土的帛画以后，有人说，我们的绘画史应重新写，已写出的全错了。因为起点（最低点）定错了。

今天我们研究古代绘画，有这么丰富的材料，但我们必须有正确的看法，这才能进行研究。看法和起点要是错了，研究就得不到正确的结论。唐以前和唐人的好画，多画在墙壁上，大多数已随着建筑物的毁坏而无存了。幸亏西北有许多干燥的洞窟壁画。首先是敦煌，敦煌壁画给我们提供了极丰富的宝贵的材料。敦煌许多画在绸帛上的画被外国人掠夺走了。国内流传下来的只是一部分。现在西北出土的一些残缺的绢画，即使是零块，都是非常精美的。这些东西的保存，对今天探讨古代绘画的源流有很大的作用。现在有没有流传下来的古画算是唐代或唐以前的呢？有。但这些画事实上都是经过第二手摹下来的，很少有真正的唐朝人直接画了留下来的。即使画稿、形象，是某名家的作品，但画上的墨迹也不是作者本人的。古代没有别的办法，幸亏摹下副本，否则今天一点影子也看不到了。

我们对待古画要持科学态度：哪些是可信的古代人直接画下来的，哪些是后代人的复制品。但许多古董商人，不是从学术出发，而是从价值观念出发，顺口说这是唐朝的，那是宋朝的，时代越早越贵，可以多卖钱。事实上与学术无关。我们参考画风，研究画派，看这些摹本、仿本、临本不是不可以，但要知道是什么时代人临的、仿的，如果听信大古董商的说法，把宋元的硬说成唐宋的，这样科学系统就乱了。譬如看京戏，如果真承认那位男演员扮女角即是一个女子，一个花脸色角的演员本人真就长得脸上花红柳绿的，这便成了小孩或傻子了。

宋朝人的画，多半是室内装饰品，很大的大张挂在屋里，比画在墙上进了一步。元朝才多卷册小品，在桌上摆着，作为案头玩赏的东西。这如同戏剧底本由舞台到案头一样。原来剧本是舞台唱的，实用的，后来成为文人创作后摆在案头欣赏，并不是在舞台上演的。有许多只能在案头看，是舞台上唱不了的。我们明白了这个道理，知道哪是墙壁上的画，哪是案头上的画，这样才能探索宋元以来的画派、画风。大家总是谈论宋朝画如何，元朝画又怎么变，哪是匠人画，哪是画家画，哪是文人画，我们今天研究古代绘画的沿革，必须考虑到这一点：在墙上画是什么样子？画在绢上贴在墙上是什么样子？案头画的小品又是什么样子？这些问题必须弄清楚。

到了元朝以后出现一种文人画——案头的玩赏的小品（不管它多大张幅也是这个系统）。墙壁上的画，实际上和装饰画是一派。文人案头画是一派，对这一派也有许多争论，但它也有它的新趣味，不能一笔抹煞。这一种风格的影响有几百年。宋朝已经开始了，如苏东坡喜欢随便画点竹子，画树、画块石头。现在还有一件真迹，树画一个圈儿，底下是石头。按照画家的要求，这画画得非常外行，非常不及格，但这是真的。米芾画的《珊瑚笔架图》，笔道七扭八歪。这是文人游戏的笔墨。到了元朝才逐渐出现精美的文人画，影响一直到现在。这一派，这种创作方法，至今尚占很大的比重。

今天研究绘画确实方便多了，印刷品越来越精了，越来越多了。我们现在要想研究，有几点特别要注意。现在研究古代绘画，研究绘画沿革历史，必须从实物出发，得看到真正的原作（包括影印品），客观地比较，虚心地分析。只看书本上说的不够，只听别人讲的也不够，必须从实物出发，真正地客观地作了比较，我们才能得出正确的论断和新颖的见解。这种比较在古代，在从前印刷困难、地下出土的东西不多时是没有办法的。在今天，我们确实是方便多了。

现在研究古代的绘画，又出现了两种困难。一是出现了太窄的现象。我认为，研究绘画，研究绘画沿革，不论在中国还是在外国都出现了这样一个现象：研究一家，只抱住一家，翻来覆去地考证探索。须知这个作家不能独立存在，必须和当时的环境，当时的时代联系起来。"窄"还表现在只研究一家的一个方面，如一个画家又会画兰竹，又会画山水，又会画松树，却只是专门研究他画的竹子。这样就钻进了牛角尖而不自觉。二是论据必须是真品。有许多是假的，是古董商人瞎吹的。你根据的真伪还不分，不能"去伪存真"，又怎么能"去粗取精"呢？首先要辨别真伪。这里就出现一个问题，今天辨别真伪的标准，也被古董商人搅乱了。从明清以来就有这种情况：真画儿换假跋，真跋配假画儿，哪个名气大，哪个大、哪个早、哪个值钱就写哪个。后来研究者也常陷入古董商人的这个标准。如评论是纸本还是绢本，质地颜色洁白还是昏黑，黑了就用漂白粉拼命冲洗，画儿的笔墨都不清楚了，底子可白了，那也要。因为"纸白版新"。这是古董商的标准。常见著录的书上说"这是上品"，但笔墨画法并不高明。为什么是上品？就因为"纸白"，其实那是用化学药品冲洗白的。又如完整还是破碎，中国藏还是外国藏等，有许多人认为是外国藏的就好，其实这是令人很痛心的事。我虽然也忝被列入了"鉴定家"的行列，但我"知物不知价"。"'纸白版新'就好""这个值钱多"……这些我一点儿也不懂，因为我没做过古董商人。

总之，今天研究绘画，必须根据可靠的、可信的资料，要辨别真伪；真到什么程度，是作者亲笔还是复制品？我们为研究一种风格，复制品也有价值。当然，从古董的价钱说，复制品与原作不同，但如从学术上讲，是有研究价值的。现在印刷品很多，有了彩色印刷，虽然比起原作还有差距，但无论如何比黑白的好多了。我们受近代科学的嘉惠，受近代科学之赐，研究绘画更方便了。

今天研究金石书画的条件已千倍万倍地优于前人，我们研究的便利比古人要大得多。只要我们的观点是正确的，从实物而不是从现象出发，博学、广问、慎思、明辨，自己有一定的立脚点而不随声附和，我们的成绩会是无限的。

辑二

人生百态
尽在画中

故宫博物院绘画馆展览出若干古代名画，更特别被人注意的作品，《韩熙载夜宴图》卷要算是其中之一。它经过将近千年的时间，逃出了历史上多少次的沉埋、封闭和损伤的危险，终于展览在人民的博物院中，供我们广大群众观摩和欣赏，这在我们伟大画家创作的当日，恐怕还预料不及吧！

它是一件精妙的故事画。描写人物形象是那样的生动，性格是那样深刻，生活是那样丰富，表现了我们中国绘画优秀的现实主义传统。尤其在艺术手法上的高度成就，能更深、更广地反映了历史上的生活现实。这在我们文化史上是一个重要的史料、宝贵的文献；在绘画创作方面，为了继承优秀传统、发扬民族形式，它更是一个重要的参考品；即在作为启发我们广大人民热爱祖国的爱国主义课本中，它也至少要占一行甚至一页。因此，无论参观了原画或见到影印本的人，谈起来，都对它愿作更深一步的探索。从它的故事内容到创作手法，都受到广泛的注意，我也在朋友的讨论和考证中得到很多的启发，自己也搜集了些有关的材料，写出来给这卷画面做个注脚，并向方家请教。

一、韩熙载的有关事迹

画面上这一个主人公的生平我们从许多的历史书和宋元人的笔记、题跋等史料中来看，大略是这样的：

韩熙载（公元九〇七至九七〇年），字叔言，北海人。唐朝末

▲ 韩熙载夜宴图

年登进士第。父亲韩光嗣，唐末平卢军乱，他被推为"留后"（统帅），后来被唐朝杀了。熙载假扮商人往南奔到吴国。虽被收留，却很不受重视。徐知诰作了南唐皇帝，派他做辅佐太子李璟（中主）的官。熙载也事事消极，和大官僚宋齐丘等不和，被他们排挤，屡次贬官。当时北方的宋王朝已建立，南唐受到威胁，李璟让位给儿子李煜（后主）。这时熙载已做到吏部侍郎。据说李煜由于对北方势力的恐惧，而猜疑他朝中的北方人，多用毒药害死他们，熙载居然还被优待而没遭暗算。他也便不能不装癫卖傻，来避免将来的恶化而维持目前的侥幸。因此他的行动便成了个传奇材料。自然那时江南由于战争较少，具有比较优越的条件，生产相当的发达。所谓"保有江淮，笼山泽之利，帑藏颇盈"。一般剥削阶级的生活，便更走向奢靡享乐。他们多大量蓄养"女奴"（或称"家姬"，或称"女仆"，或称"乐妓"，都是指这般在婢、妾之间的奴隶）。历史上记载着像冯延鲁为了买民女为奴，曾擅改了当时不许民间"私卖己子"的法令；刘承勋"家蓄妓乐"将近数百人；韩熙载的朋友陈雍，虽然家贫，还要多蓄姬妾。皇帝李煜也和他们比赛

着似的留下许多"风流话柄"：有个和尚在妓家饮酒，李煜隐瞒了皇帝身份去"闯宴"，记在陶谷的《清异录》中。恰好陶谷正在做周国的使臣，到南唐时，韩熙载使歌伎装作使馆听差人的女儿，和陶谷讲爱情，次日在公宴中陶谷摆大架子，这歌伎当筵唱出昨夜陶谷赠她的一首词，这个使臣的骄傲凌人的大架子，便完全垮了。韩熙载也曾为国家出过些保卫疆土和整顿财政的计划，但都不如他最早用"美人计"戏弄敌国使臣这件传奇性的故事被人传说得更热闹。这件快意的胜利，也许是他公开"荒谬"的借口之一吧？

历史上又说他家有"女乐"四十余人，熙载许可她们随便出入和宾客们"聚杂"。宾客中有公然写出和她们恋爱的诗句，熙载也不嗔怪。熙载有时扮作乞丐，教门生舒雅"执板挽之"，到她们的房中乞食玩笑。熙载的风采很漂亮，有艺术才能，懂音乐，能歌舞，擅长诗文，会写"八分书"，也会画画。谐谑、讽刺的行动，很多被人传述。宾客来了，常教"女奴"们先出来调笑争夺，把靴笏等物都抢光了，熙载才慢慢地出来，特意看客人们的窘状。李煜曾派待诏周文矩和顾闳中到他家窥看他和门生宾客"荒谬"的情形，画成"夜宴图"据说是为来讽刺他，希望他"愧改"。没想到他见了竟自"反复观之宴然"——满不在乎。他对和尚德明说："我这是避免做宰相。"我们不一定相信他自己所说的动机是完全真实，但从他的行动中看，至少他的任情享乐中，有不满当时现实的一些成分。

后来他又被贬官，最后做到"守中书侍郎、充光政殿学士、承旨"的官，在庚午年死了，即是宋太祖赵匡胤的开宝三年。

不论发动画这幅图的是李煜、是别人或是画家自己；不论动机是为讽刺、为鉴戒或只是好奇；也不论历史文字所记载的韩熙载某些行动是否便是这卷画面的直接资源。我们即具体的从画面上那些生动的形象来看，画家所体会到、表现出的韩熙载的心情的各个侧面，如果仔细去发掘和分析，前边的问题是不难解决的。我们现在不是为研究韩熙载这个人的历史，而是想借着可知的一部分文字史料作这卷名画的现实意义的旁证。同时感觉到这卷画便是用造形艺术手法所留下珍贵的南唐史料。

二、《夜宴图》的艺术性

绘画的艺术性，不会脱离它的现实性而孤立存在；同时若没有高度的艺术手法，也就无从表达。我们拿一些片段的文字材料和它印证，可以看出卷上每一个人物的行动都是那么恰合他们身份，虽然我们还不能完全确知他们的姓名事迹。尤其主角韩熙载的形象，更是作者集中力量所描写的。我们看他的性格，不必从文字材料所谈的那些概念出发，只向画面上看去，已经是非常生动、具体、有血有肉地摆在我们面前。大到整个布局，小到细微的点缀，都有着它的作用，都见到画家的"匠心"。(《人民画报》一九五四年三月号有彩印全卷。)

先从所画韩熙载的状貌看起：高高的纱帽，是他自创的新样，用轻纱制成，当时号称"韩君轻格"。他的容貌在当时不但被江南人到处传写，北方的皇帝还派过画家王霭去偷写过。现在图上长脸美髯的主角，完全与宋人所称的形状相合（宋人有"小面美髯"的话，是对同时流传韩愈画像"肥面"而言的，非说熙载面小）。这无疑便是韩熙载的真像了。全卷中的韩熙载的表情似乎很沉郁，又似乎像"煞有介事"似的，而最末摆手时又那么轻松。他自己"反复观之宴然"，也许是"正中下怀"吧！我真惊异，画上不到指顶大的人脸，怎能表现出许多复杂的心情？——有些还是我们了解不到的，画家是怎样的深入体验，又怎样刻画出来的呢？

第一段床上红衣的青年，应该便是状元郎粲吧！弹琵琶的女子是教坊副使李嘉明的妹妹。她左边的人回着头不但听，还很关心她的手法，那岂不就是李嘉明吗？人丛中立着两个女子，一个分明看得出便是后面舞"六么"的那个人，当然便是"俊慧非常"的王屋山了。还有他的朋友太常博士陈雍和他的门生紫微郎朱铣。在这个场面中便应是长案两端的二人了。这些人物都明见宋元人记载的。

自屏风起，右边的第一段，人物是多的，场面是复杂的，背面坐的客人，椅子前移，离了桌案，屏后的女子，一手扶着屏风也挤着来听。床边的女子好像临时把琵琶放在床上，便静静地立在小鼓架旁严肃地来听演奏。可以看出演奏之前，全场是经过一度的动荡。现在所画的，则是演奏已经开始、全场空气凝注的一刹那。全场上每个人的精神都服从于弹琵琶人的动作。每个人都在听，而听法又各不同。不论他们坐着或站着，他们的视线主要的都集中在弹者的手上。这还不算难，"画人难画手"，古有名言。画家在这里不但把手画得那样好，而且借着各人的手，更多地写出他们内心的倾向。韩熙载的手松懈不经意地垂着，和他眼神的向前凝注是相应的；郎粲的左手紧抓住膝盖，保持身体重心的平衡，也衬出注意力的集中；李嘉明的右手扶着掀起袍袖的左腕，似乎正作随时可以伸出手来指点的那样跃跃欲试的准备。在这段正当中，偏偏写一个不用眼看而侧耳细听的人，也许即是朱铣吧？他两手叉起，表现了耳朵用力的专一，由于这一个人倾听，也就指明全场人在听觉上的共同注意。

我听到工艺美术专家谈起，画上的杯盘之类，颜色和形式都是五代时有名的越窑瓷器。盘中细小的果品，都那么清晰鲜明，作者的创作态度是如何的不苟！当然我们现在不是专提倡琐屑的真实，但其中的真实性却由此更得到了明证。

第二段写韩熙载站在红漆羯鼓旁边，两手抑扬地打鼓。郎粲侧身斜靠在椅子上，一方来照顾到韩熙载的击鼓；一方又来欣赏王屋山的舞姿。一个青年拿着板来打，那或者便是韩熙载的门生舒雅吧！因为舒雅是他表演唱歌乞食时的助演人，那么老师自己打鼓时，还能不来伴奏吗？

和尚参加夜宴，也出现在这个场面里。他是否便是那个有说"体己话"交情的德明呢？和尚在舞会中究竟有些不好意思。拱着手，却伸着手指。似刚鼓完掌，又似刚行完"合十"礼。眼看着"施主"击鼓而不看舞女。旁边拍掌的人，眼看韩熙载是为了注意节拍，而和尚的神情分明不同，这和郎粲的"平视"王屋山正相映成趣。

红漆桶的羯鼓，是唐代盛行的乐器。唐人南卓曾有《羯鼓录》专书来讲它。南卓说："羯鼓翳如漆桶，山桑木为之，下以小牙床承之，击用两杖。"这和画上的鼓形正合。羯鼓的打法是音节急促的，所谓"其声焦杀乌烈，尤宜促曲急破、戟杖连碎之声"。再看舞容呢，王屋山穿着窄袖的衣服，两手伶俐地叉着腰，抬着脚，随着拍子动作，和那些长袖慢舞的情形不同，这即是宋人题跋中所指的"六么"舞吧！韩熙载右手举起鼓棰，反腕向上，刻画出这一棰打下去时力量的沉重。再和拍板、击掌以及"踏足为节"的"六么"舞的动作联系起来，便能使我们从画面上听出紧促的节拍和洪亮的鼓声，不仅止看见了王屋山美妙的舞姿。这一场和前段安详的琵琶演奏又是一个对比。

第三段是休息的场面。韩熙载坐在床边洗手，和几个女子谈话。这时琵琶和笛箫都收了，一个女子扛着往里走。杯盘也都撤下来，一个女子用盘托着一同走去。红蜡烛烧了半截，床帏敞着，被褥堆着，枕头也放在一边，可以随时休息。这在夜宴过程中是一个弛缓的阶段。我们很容易联想到宋朝人豪华宴会的故事，他们把屋窗遮起，在里边歌舞宴饮，饮一些时略歇一歇，大家都奇怪夜长，及至掀帘向外看时，才知道已经过了两天。在画上这段之后，还有很多场面，这把宴饮的时间的悠长，无形中明白指出。

画家把琵琶倒着放在女子右肩上，把笛箫束在一起放在这女子左手里，教她和撤杯盘的女子一同走到半截红烛的旁边，在画面上，枕头恰恰排在琵琶和蜡烛之间，正不用等待展卷看到韩熙载的洗手，已经使人充分看出酒阑人倦的气氛了。

第四段是听管乐的场面。炎热的天气，韩熙载盘膝坐在椅子上，扇着扇子，吩咐一个女子什么话，拍板的也换了人，五个女子一排坐着吹奏管乐。宋人说韩熙载"每醉以乐聒之乃醒"。看这袒胸露腹、挥扇而坐的神气，正像是聒醒之后、余醉未解而悠然自得的情形。五个作乐人横列一排，各有自己的动态，虽同在一排，但绝对没有排队看齐的板滞。

前边的筵席还有些衣冠齐楚之感，到了这里，便是完全脱略形迹，但并掩藏不了韩熙载兀傲的神态。在炎热的气候中，脱衣服惟恨不彻底，却又不能赤膊，于是袒胸露腹之外，领子往后松一些都似乎可以减少一些炎热，这种细微的反映，画家都把它抓到了。

末一段突出地、具体地写出韩熙载的"女奴"们和宾客们调笑的情状。韩熙载站在这一对对的中间，伸出左掌摆手，像是说个"不"字。他这"摆手"是制止她们的行动呢，还是教她们不要宣布他来了好借此戏弄客人呢？悄悄地站着，摆着的手伸出也不远，右手的鼓槌，握着中腰，也没想拿它作武器用。这分明是后者的用意。我们伟大的画家，精妙地把这些形象画出，使观者能够完全领会到画中人一动一静的作用，并没有任何一个字的说明！

从全卷来看，它的线条是"铁线描"居多——这是中国人物画的一种最精练的技巧。不是说其他的描法不好，而是说用这种细线单描，很精确地找到物体和空间"间不容发"的一个分界是如何的困难。这细线不可能有犹豫、修改的余地。古人说"九朽一罢"，是说明创稿的认真，尤其在这种技法上，一条细线若不是经过多次的创稿和修改，是无法达到那样精确的。有了这样的骨干，再加上色彩的点染，便把每个人从面貌到感情、每件物从形状到质地，都具体而生动地写出来。这说明我们先民惊人的艺术才能，实在是他们勤苦劳动的成果。

在色彩方面：朱砂、铅粉、石青、石绿等重色是最难用的。这卷画上把各种重质颜料用得那么好，薄而匀，效果却是那么厚重。色调在错综变化中显得爽朗健康。

在结构上：这种连环图画式的手卷形式，对于故事画的布置是非常方便的。内容的安排，在这卷中更显出它的巧妙。屏风本是古代屋内一种常见的"装修"，在这卷画面上，它起着说明屋子空间的作用，同时也起着说明故事发展的时间作用。如第一段末的插屏和第三段末的围屏都有这样的作用。而第四段末的插屏又给两个人"捉迷藏"作了重要工具，因而又起了"云断山连"的作用。画家手里的屏风，在要用它隔断时不觉割裂的生硬，而要用它联锁时也不觉得牵强。这不能不算是一种创造性的手法吧！

有人怀疑五个场面的次序问题。以为韩熙载洗手应该在吃饭听琵琶之后；右手执两个鼓槌的一段应该在击鼓一段之后；而袒腹一段应在最后。仿佛才觉顺序。其实这正说明这一夜的宴会是饮酒、击鼓、休息、听乐的更迭反复，也表现了同一个夜内各屋中娱乐活动的不同，而韩熙载是到处参加的。（所见若干摹本次序也不一致，可见古代许多原稿中对次序问题的态度。）完成这些作用，"屏风"实在有相当的功劳。

这卷夜宴图并不是没有缺点的。人物的面型，除了特别用力刻画的几个人之外，有些个人不免近于雷同，当然同一个人前后重复出场的不算。主角或重要角色的身量与配角身量的差度有时太大，虽然这里有人物年龄关系。另一方面，我们也不能忽略这是九百余年前的创作。比这卷再早的绘画以至雕刻，拿大小来表示人物主宾的办法，也就更厉害。此外即在技法的各方面讲，拿传摹的晋代顾恺之画，唐代的阎立本画等来比较，这卷的精工周密，实在是大进一步。它应该是符合了六法中"气韵生动"的标准——姑不论"气韵"的确切涵义，至少生动是没问题吧！在今天创作方面，我们除了借鉴它的优点之外，还应当把它当作前届比赛成绩的纪录，努力去突破它！

三、关于这一卷画的几个问题

以韩熙载夜宴这个传奇性故事为题材的画，自南唐以来原样传摹或增删改写的都很多。原始创作的是周文矩和顾闳中俩人。但到北宋《宣和画谱》中，却只载顾闳中《韩熙载夜宴图》一件（还有顾大中的《韩熙载纵乐图》一件）。元代汤记他曾见周画二本，又见顾画一卷，顾画与周画稍异，"有史魏王浩题字，并绍勋印"（见《画鉴》）。又周密记所见顾画《夜宴图》一本，见《云烟过眼录》。又有一个祖无颇的跋本，跋载《佩文斋书画谱》。严嵩家藏顾画三本，见文嘉《严氏书画记》。这些本到明末清初时候都不见著录，消极的说明已不存在了。是都损失了呢？还是由于记载欠详，而实际上明末清初著录中所载各本便有前列的某卷在呢？现在都无法证明。又明末清初收藏著录中这个题材的作品，几乎都是顾闳中的画，周文矩和顾大中的画很少看见了。综计清初还存在号为顾闳中真迹的，有下列几件：（甲）绢本，有元人赵升、郑元佑、张简、张雨、何广、顾瑛的诗；月山道人、钱惟善的跋。见吴升的《大观录》等书。（乙）绢本，有"臣闳中奉敕进上"的款，后有周天球书陆游所撰韩熙载传。见《大观录》和安岐的《墨缘汇观》。（丙）即此卷，绢本、前绫隔水有南宋初期的题字，这条隔水下半截都损缺，只存"熙载风流清旷为天官侍郎以修为时论所诮著此图"二十一字。字体是宋高宗的样子。卷后拖尾有小楷书韩熙载事迹一篇，无写者名款，再后有元人班惟志题古诗一首，再后有"积玉斋主人"题识一段，再后有王铎题两段，见孙承泽《庚子销夏记》和《石渠宝笈初编》。

这是近三百年中流传有名的三卷。甲卷，自吴升著录以后我没见人再提到。丙卷中有"乾隆御识"提到得了这卷之后又得"别卷"，写有陆游所撰的韩熙载传。乙卷有陆游所撰韩传，好像乙卷也入了清内府。但写着陆游所撰韩传的不一定便是乙卷，那么乙卷的踪迹也不可知了。丙卷中"乾隆御识"说"绘事特精妙，故收之秘笈甲观"，"绘事特精妙"五字确是定评。

到了今天，这三卷中，又失踪两卷了！

还有关于现存的这一卷常听人谈起几个问题：（一）作者究竟是谁？（二）是南唐的原本还是宋人的临本？（三）《石渠宝笈》著录前流传的经过。（四）有无残缺？（五）顾闳中的事迹。

我试谈谈我个人对于这些问题的意见：

（一）唐宋古画，无款的最多，很多不得作者主名的，全要靠各项旁证。若在反证没被充分提出时，也就只好保留旧说，至多是存疑而不应轻率地武断。这一卷只从元人题跋中定为顾闳中，元人所见古画应该比我们所见的多些，总该有他的根据。

（二）这卷画从我们所常见到的古画技法、风格以及其他条件来比，它不会是北宋以后的画。从人物形象、生活行动以至衣服器物各方面来看，更不可能是凭空臆造的。就假如说它出自宋人手笔，也必定是临自原本。八百年前的人临摹九百年前的画，在今天实在没有足够的材料去分别它们的差异。至少我们相信这个创作底稿是出自亲见韩熙载生活的顾闳中。

（三）这一卷是宋元著录中的哪一本已不可知，但从卷前的半截隔水上的题字字体来看，起码是经过南宋人的收藏鉴赏。有人从许多痕迹上推测以为即是《画鉴》中所记的"有史魏王浩题字"的那一卷，而隔水题字可能即是史浩的笔迹，这也可备更进一步研究的线索。卷后拖尾第一段无款的韩熙载事迹，从字体上看，很像袁桷的笔迹，拿袁桷"和一庵首座四诗"和"徽宗文集序"的跋尾等真迹的笔势特点来看，是完全相同的。题诗的班惟志正是他的朋友。（绘画馆中同时陈列着的黄公望《九峰雪霁图》即是给班惟志画的。）这是元代鉴、藏的情况。明末清初归了王鹏冲。鹏冲字文荪，直隶长垣人，收藏很多，和王铎是亲戚，他的藏品多有王铎题字。孙承泽即从王鹏冲家见到，记在《庚子销夏记》中。在从王鹏冲家到清内府的中间，曾经归过梁清标，有他的藏印。又归过年羹尧。班惟志诗后空纸上有一段题识，款写"积玉斋主人"，那个"玉"字是挖改的，痕迹很明显。年羹尧的"斋名"是"双峰积雪斋"，所以他也有"双峰"的别号。这分明是进入石渠之前，有人因为年羹尧是"获罪"的，也许怕被认为是"逆产"，因此挖改一字，便可了事。其实笔迹字体都自己在那里清清楚楚地发言说："我是年羹尧！"

（四）有人说，这卷第二段拍手的女子身后和第四段站在韩熙载面前听吩咐的女子的身后，绢上都有裂痕，可能中间有什么残缺。又最末二人，似乎不够作收尾的局势，或者后边还有什么场面。按，古画的断裂，本是最普通的事，裂处也不一定便有遗失。一卷被割成两三卷的也是常有的。但"夜宴"本是一个短期间内的事，不比其他长大的故事，所以不可能太长，即前说（甲）、（乙）两卷，据著录记载，也只都不过七尺。而这卷一丈长，还算较长的了。所以这卷即使有残损处也不可能太多。再从这卷前边隔水保留残缺的情形来看，可以见到两个问题：一是绝对发生过撕毁破裂的事；二是断缺隔水既还被保留，那么画面本身即有残碎处似乎也不致随便被遗弃。除非在保留隔水的阶段以前有过割截，但那至少是三百年前的事了。（每段都用屏风作隔界，这卷如有残损，可能是第二、第三两段之间的一个屏风。）

（五）顾闳中的事迹，宋人记载很少。只《宣和画谱》说："顾闳中江南人也，事伪主李氏为待诏，善画，独见于人物。"此后便叙他画《夜宴图》的经过。元夏文彦《图绘宝鉴》所记，是沿着《宣和画谱》的材料。他的作品除《夜宴图》之外，还有《明皇击梧图》《山阴图》（写许玄度、王逸少、谢安石、支道林等人的故事），又有李煜的道装像，这些作品也都早已不传了。这位伟大的画家生平事迹，就剩这样简单的几句话，是何等的可惜！

因此，想到我们先民若干的伟大艺术创作和他们生平辛勤劳动的事迹，不知湮没了多少。那么，我们今天对于这些仅存的宝贵遗产除了创作方面正确的吸取、借鉴之外，还应该如何尽流传保护的责任啊！

《石渠宝笈》藏宋画大幅，鄠池上明董其昌标题云："董北苑《龙宿郊民图》真迹。"画既无款，又无宋、元旧题。明詹景凤《东图玄览编》卷一云："相传为董源《龙绣交鸣图》，图名亦不知所谓。"又云："见于成国公家。"詹略早于董，知作者与图名并非始自董其昌也。惟无论"龙绣交鸣"，抑为"龙宿郊民"，究何所取义？又何以知作者为董元？画上人物是何本事？三百余年来，久成悬案。

按，画为四拼绢大幅，着色山水。山作圆厚峦头，无峻嶒险峻之势。水面空阔，是依山俯江之景，盖江左名胜之境也。山麓人

龙袖骄民图

家，树悬巨灯。近处水边，二大船相衔接，上竖彩旗，数十人白衣联臂，自岸上列立，直满二船，似歌舞状。船头及岸上各有奋臂捶鼓者。径路上亦有游人，与船上人俱细小仅数分。

赙池上又有董其昌题云：

《龙宿郊民图》，不知所取何义，大都箪壶迎师之意，盖艺祖下江南时所进御者，名虽诡，而画甚奇古。

又题云：

丁酉典试江右归，复得《龙秀（功按：此处原写又误为"秀"）郊民图》于上海潘光禄，自此稍稍满志……天启甲子九月晦日。

又有清王鸿绪题，入清内府后，有乾隆御题诗、跋，以不得命名之故，遂以"龙见而雩"之义当之，谓是雩祭、祷雨之事。厉鹗《樊榭山房文集》卷八《龙宿郊民图跋》亦指为雩祭。文繁不具引。

按，宋平江南，非艺祖亲征。明张丑《清河书画舫》己集云："乃写宋太祖登极事者。"其误俱明显，乾隆御题中并已辨之。惟图名四字，詹、董所记之外，尚有其他音同字异者。清阮元《石渠随笔》卷二自注云："收藏家有题为《笼袖骄民》者。"其记此图人物形状以为裸人，并云："究不知何故？"足见此图之名，旧为口耳相传，故有音同字异之事。惟其义为何？最难索解。考之古籍，《汉书·郊祀志》上虽有"夏得木德，青龙止于郊，草木鄵茂"之语，但与图景无关。惟阮元所云"笼袖骄民"之名，颇堪注意。按，明陈继儒《太平清话》云：

钱塘男女尚妩媚，号为笼袖骄民。

其语源于元杨维桢。《东维子文集》卷六《送朱女士桂英演史序》云：

钱塘为宋行都，男女痡峭尚妩媚，号笼袖骄民。

又元欧阳玄《圭斋集》卷四《渔家傲南词》中亦曾及之。其序云：

余读欧阳公李太尉席上作十二月《渔家傲》鼓子词……每欲仿此作十二阕，以道京师两城人物之富，四时节令之华……山林之士，未尝至京师者，欲有所考焉。此亦可见其大略矣。

其词云：

七月都城争乞巧，荷花旖旎新棚笊，龙袖骄民儿女姣，偏相搅，穿针月下浓妆佼。

吾又读元人杂剧，曾三见"龙袖骄民"之语。《元曲选·合汗衫》第一折云：

俺是凤城中士庶，龙袖里骄民。

又《元曲选·蝴蝶梦》第四折云：

你本是龙袖娇民，堪可为报国贤臣。

又《孤本元明杂剧·刘弘嫁婢》第四折云：

你本是龙袖里娇民，堪可为朝中宰相。

在戏剧中，直至清代，此语尚存。姚燮《复道人今乐考证》载柳庄居士《龙袖骄民杂剧》一目，次于王文治撰剧之后，殆乾、嘉时人。惟余未见剧本，不知其词云何耳。

观此诸条，可证"龙袖骄民"四字，实为民间俗语，惟其义何在，明清士夫已不甚了了。清梁清远《雕丘杂录》卷七云：

陆文裕公《玉堂漫笔》中言："龙袖娇民是元时方言，不知其何等。”余在都下，常见都人与人相竞，必自矜曰："我龙凤娇民也。"盖言为近帝后之民耳。义取如此，似无别说。

按，陆深谥文裕，明中叶华亭人。于董其昌为乡先辈。已不知"龙袖娇民"是何等（语），无怪董之不解矣。

元周密《武林旧事》卷三："辇下骄民，无日不在春风鼓舞中，而游手末技为尤甚也。"又卷六"骄民"条云：

都民素骄，非惟风俗所致，盖生长辇下，势使之然。若住屋，则动蠲公私房赁，或终岁不偿一银。诸务税息，亦多蠲放，有连年不收一孔者，皆朝廷自行抱认。诸项窠名恩赏则有黄榜钱，雪降则有雪寒钱，久雨则又有赈恤钱米。大家富室则又随时有所资给。大官拜命则有所谓抢节钱；病者则有施药局，童幼不能自育者则有慈幼局，贫而无依者则有养济院，死而无殓者，则有漏泽园。民生何其幸欤！

近代沈曾植先生《海日楼札丛》卷三"笼袖骄民"条云："董元有《笼袖骄民图》，向来不得其解。今按元曲《公孙汗衫记》……《武林旧事》卷三……《武林旧事》卷六有《骄民》一门，次《游手》。"乃知所谓"龙袖"者，犹"天子脚下""辇毂之下"之义；所谓"骄民"者，犹"幸福之民""骄养之民"之义。"龙"字加竹头作"笼"者，殆从娇媚之义着想。且口语易讹，用字不定耳。至"骄"字或用从马之字，或用从女之字，此盖古尝通用。晋左思《娇女诗》作从女者，唐李商隐《骄儿诗》作从马者，所写俱为儿女骄养、骄惯之态，非有娇媚、骄傲之义也。可知元人之语，实指太平时代、首都居住、生活幸福之民耳。

回顾此图所写，正是节日嬉娱之景。连舟捶鼓，一似竞渡一类之戏（阮元谓为裸人，亦非），但图中有丹红夹叶树，乃秋日景物，非端阳耳。综而观之，其名之为"龙袖骄民"，盖无疑义。董其昌题，或为传闻之误。亦或因不解其义，改字从雅，而又曲为之说者。至此图名何时所起？其为作画时之原名，抑为后人所命，则不可知矣。惟既可知其图名口耳相传已久，则非明代某一藏家偶然杜撰者可比。纵非作画时之原名，殆亦宋元旧传者焉。画上所写既为江边山麓居人之生活，其人又为龙袖中之骄民，则其地必为首都也。江城建都之朝代，史固多有，然以江左风景言之，最著者惟南唐都建业，临扬子；南宋都杭州，临钱塘而已。南宋名手遗作中，未见此种风格者，传为南唐董元之笔，殆非无故。古画无款字者，往往为人妄指作者，妄加图名。然亦有其来有自者，则未可概以附会目之，如此图是已。

这是一卷北宋人的名作，今人好说"力作"一词，对这卷来说，这二字已不够分量了。应说"剧作""绝作"，才算稍为符合实际情况。

这卷是流传有绪的著名宋画，曾见许多明清人的"著录"，有的题为《渔父图》《渔乐图》，等等，一般手卷上下的幅度不大，多数是一尺来高，凡比一般尺度较高的，常被称为"高头大卷"，因这卷横度虽不到七尺长，但高度却比一般的画卷较高，竟将及一尺又半，所以又常被称为《高头渔父卷》。

原卷不知何时流入美国，今藏在堪萨斯州的纳尔逊博物馆。装在玻璃柜里，柜中装设特制的照明灯，开一次灯只很短时间就灭掉，说是对原件的保护，固然十分尽责，但看画人的眼睛和脑子哪有那么快的观察力和记忆力呢？也不知道宋代那位画家画成时的心情，是愿意多有人仔细看呢，还是不愿意人多看？他如得知千年以后，他的作品在观者面前获得的是观者都在用这样一开一闭闪电式的眼睛去欣赏，他的心里是什么滋味，恐怕是不问可知的吧！

因此我感谢二玄社的丰功伟绩！把这件著名剧迹原样无讹地呈现在如饥似渴的观者面前，使观者不受那种霎开霎闭的灯火限制，得以洞察秋毫，一丝不隔地进行欣赏、研究、比较、玩味。为画者、观者、学者创造下无穷的便利，其功德之大，应该借用《金刚经》中的两句话："福聚海无量，是故应顶礼。"来做称赞，至少我的心情确实如此的！

前边说"剧作""绝作"，有人问剧在何处、绝在何处？现在

我试表达"管窥之见"：剧是剧烈，常是出于意料之外的、超出通常负荷能力的事物，才被人用这个词来称说。例如说"剧变""剧痛"之类。这卷画总的艺术气氛，和各局部分的艺术效果，不但使观者感到出乎意外，设想画者在落笔时也没有完全想到所有各部分的效果都符合自己预期的计划。先从全面看，今天画上的全面，可能少于原作，因为古代的长卷常有被人分割的损伤。现在这个不算太长的画卷，是否首尾毫无损缺，已不可知，但可以推测是曾有所残损。纵使未经人有意割截，但在累次重裱时，残损也是常有的事。仅就这一卷的现状看，江山雄伟，远近分明。在实际的游览中，人的肉眼有不可能一目了然到的地方，而画中竟自一一指点明白，这种指点明白，又不同于画鸟瞰地图，而是画风景画。雄伟的江山给人的第一观感，山是高峻的，水是辽阔的。而山后有山，水外有景，却难于一眼兼收。伟大的艺术家，竟能够在一幅图中同时给予观者如此全面的领略，岂不是出人意料的"剧"吗？上边是从

构图方面立论，这种构图方法，并不仅限这一卷，其他宋人名画也常见如此的情况。这又不仅是构图设想所能完全解释的，若没有笔下精妙的技巧，也是不足以充分体现的。

笔墨技巧上，处处都看到画家用笔用墨的精熟程度。例如在大山的坡面，像是用一支肥大的毛笔，饱蘸墨水，劈面抹去，这一抹之中，有浓有淡，有干有湿，这种不期然而然的效果，恐怕画者在蘸墨落笔时，也未必完全想到竟自达到这个样子。但这种效果又必然是画者在千次万次的创作实践中锻炼出来的超人技能。这是谈笔中的墨。再看墨中的笔：这卷总长不到七尺，有的一笔画去，竟自几乎能到一尺多长，并没有迟疑、停顿、颤抖、曲折的任何情状，好像在桌上拿东西，有时眼并不用看，手一伸就拿起，准确到了极点，轻易也到了极点。《庄子》有郢人运斤（斧）的故事，譬喻技巧的精熟准确。虽然未免夸张，而道理却最透彻。他说一个人运斧熟练，把一片白灰抹在另一人的鼻头。这人手持斧子，抡动如风，向那人鼻头砍去，那片白灰被砍掉，而鼻头丝毫不伤。我们看一切在精熟准确的技术手法下创作出来的艺术品，凡是令人惊叹叫绝处，没有不具有这种比喻所说的境界的。又例如山上山下许多树，都似在有意无意地信手画去，只是画许多直道子，并无枝叶，无论懂画理画法的，或完全外行的人，见这画时，我没遇到任何一个人说"山上为什么立栅栏"的，那些光秃秃的棍子，在山上、在绢上、在观者心上，都那么妥帖自然，没有丝毫不合情理、不合逻辑之感，好比人都长眉毛，一边一条，即使刚刚懂事的小孩，也从来不觉得是把小猫尾巴贴上的。可知伟大的艺术创作（包括文学创作），出奇制胜到了不合情理、不合逻辑处。创作者不自知，观者、读者不感觉，反而有人会大叫"出人意表"，这样的作品，能不说是"绝作"吗？

再往画中的远方看，山重水复、山环水抱的地方，是肉眼看不着的，即使有望远镜，它也不会跳过近山曲折地看到远山啊！这处效果是怎么出来的？也是几个有意无意的笔道，一层层地拖去，便成了层层的远山、叠叠的远岸，模糊中有清晰，不分明中有交代。这都是出自精熟笔墨之下的出人意表的效果。可以说：构图的设想，笔墨的实施，总括起来，原来都出自画者的设计意图，而画成以后，又超出画者的意图，如果说画者曾以某处真风景为依据，而现在的艺术里，肯定有超出并且高于这段真风景的引人入胜处。所以古人评画有"神品"一称。如要给"神品"一称加以说明，我想上边所说的，至少应是一部分重要注解。如果有人说它是"妄

论"，我还可接受，如说是"谬论"，我就坚决不服了。

从前人称晋代索靖的草书是"笔短意长"，这四字最耐人寻味。好画何独不然！"笔简意繁"即"笔少意多"，这卷《渔舟唱晚图》，不用说比一般的宋画，即以范宽的《溪山行旅图》巨幅相比，笔墨"以少少许胜多多许"。恐怕范宽大师也不会不允许这位渔舟的画家出人头地吧！

这卷画者旧题为许道宁，而许氏的作品流传绝少。《石渠宝笈》旧藏还有一幅《关山密雪图》也被称为许道宁的笔迹，但相比来看，异多同少。许道宁的作品究竟应是什么样，今天恐已难于求证了。其实也不必每件古代艺术品都必要有作者的姓名才算可宝。殷周的精铸青铜器，良渚的精雕古玉器，有谁能确知出于某姓某名的良工之手，这并丝毫无碍于它们成为中国古代的文化瑰宝，又何以对古画偏要苛求作者姓名呢！

这卷旧题什么渔父、渔乐等图名，也并不错，只是失于单调。如果一幅画上，只画一个渔翁，拿着钓来的鱼，自得其乐地走回家中，这个画面上题上渔父、渔乐的图名，也无不可，又和这卷有什么区别？二玄社这次印本，签条是经江兆申先生重题的，选用了唐初王勃的《滕王阁序》的句子，"渔舟唱晚"，立时赋予这卷山川人物以新鲜的、生动的生活情趣，原文说"渔舟唱晚，响穷彭蠡之滨"，那么这卷以此为题，又使这一段江山立即扩大，包括了彭蠡之滨。再细看许多渔舟中有一个双手各持一片铙钹，在作敲打，这不分明画出打鱼完毕，收工时的共同娱乐吗？所以书画鉴赏，不仅仅是要懂得"真的""假的"而已，更贵乎对艺术有真知灼见，对艺术家能气味相通，对民族艺术的各个方面又都能了解它们共同的是什么、相通的是什么、相异的又是什么。就像这卷名画，得此四字标题，而内容立刻活跃起来，这才使人看出鉴赏一道，学问广博，不是那么轻易好作的啊！

《捣练图》 宋赵佶摹唐张萱

此卷画原无款识，金章宗完颜璟在"隔水"边上用"瘦金体"题"天水摹张萱捣练图"，在元代有张绅题诗，清初为高士奇所藏，不知何时流出国外，现在美国波士顿博物馆。

张萱是唐代开元时的人物画家，尤其擅画仕女婴儿。这卷画中描写一些妇女做缝纫手工的活动，从捶捣、缝接到熨的一段过程。这些妇女的装饰，我们并不眼生，敦煌壁上的许多"供养人"正足以印证。而卷轴上的作品，自然比较容易更加精细。可惜的是流传影印本都是黑白版，读者常常以看不到著录上所记的"大设色"是什么情况为遗憾，现在从谢稚柳同志处得到一份外国原色印片，亟为复制，以供同好。

这卷画的特点很多，据我粗浅的理解，首先要数他描绘这些在劳动中妇女们各个的动态和她们之间的关系。每个人的动作都是那

▲ 摹张萱《捣练图》

么生动，尤其常从细微的地方传神。例如自右第四人挽着袖子若有所思地准备捣练，往后绕线的、缝纫的同是聚精会神，而她们较动、较静的神情又各不相同。最末四个人，绷绢、熨绢和从旁扶绢的工作性质不同，她们的身体姿态也都表现出用力各有轻重。扇火的女孩歪着头用袖子半挡着脸，使人看到炭火轻烟从她的右侧侵袭；小孩调皮，从绢下反看，点明了绢的洁白透光，而全场的空气，也因有这个小孩而活泼了。我们还从这卷画上得见唐代妇女的一部分生活，至于妆饰色彩的讲求绚丽，也反映了当时的社会风尚。

　　"画人难画手"这句名谚，在这卷里却不适用了。只看全画中各个不同动作着的手，都那么真实、那么美，不但表现了那一只手的动作，而且还表现了全身甚至内心的活动。例如第四人挽袖下垂

的手指，有意无意的松张，和她脸上的神情是有着密切呼应的。

　　游丝描笔法的精练运用，可以说是人物画发展成熟的一种表现。细细一线，恰当地画出物体与空间最主要的分界，那么准确、谨严，若不是经过辛勤劳动而具有高度技能的画家是无从措手的。我们看张萱所画的《唐后行从图》，还不是这样，这是否宋人摹画时有所加工就不得而知了。

　　东北博物馆藏宋徽宗摹张萱《虢国夫人游春图》，也是金章宗标题，画法风格和这卷完全一类。这漂流异国的名画，不知何时才能和安居祖国的姊妹卷共享聚首之乐！

　　有人对于这两卷上金章宗所题"天水"二字的含义提出过疑问，"天水"是赵氏的"郡望"，所以宋代称"赵宋"，行文涉笔也有称"天水之世"的。这里的"天水"是因敌国君王不愿称名呢？还是指其为宋国人所画呢？如是徽宗，何以又无押字？即属徽宗，是出亲笔还是出院人？都是有待再深研究的。但是无论如何，并无碍于它是一卷宋摹唐人具有高度艺术性的古代现实主义的精美作品。

　　　　　　　　　　　　　　　　　　　　　　一九五七年五月

书画之鉴别与评赏，有精确与粗率之别。人于早岁，所见名作不广，有时好恶任心，判断真伪优劣，往往与晚岁有所不同。亦有年耄目昏，记忆衰减，所鉴所评，转不如壮年之敏锐者，此又当分别论之也。

艺苑久传黄子久《秋山图》公案，扑朔迷离，几疑名画真有幻化，其实不过王烟客早岁所见与晚岁不同而已。

恽南田《瓯香馆集画跋》中有《记秋山图始末》一文，笔致生动，俨然唐人传奇。大意谓：王烟客受董香光之教，得知《秋山图》为黄子久画第一，非《浮岚》《夏山》诸图所堪伯仲。其图藏于京口张修羽家，烟客持香光书往访，主人张乐治具，备宾主之礼，乃出其图。烟客骇心洞目，观乐忘声，当食忘味，神色无主。欲以金币相易，主人不许。烟客旋入都，后出使还，路过京口，再求观之，主人拒而不纳。复求香光作书，遣人往求，终不可得。入清后，烟客与王石谷言之，嘱为物色。事为贵戚王长安所闻，使人购求，其时张氏已更三世，其孙某以所藏彝鼎法书及《秋山图》售于长安。长安在苏州招烟客、石谷往观，见其图虽是子久真迹，但不如曩时烟客所言之奇妙。长安见彼神色犹豫，恐其非真。后王圆照至，石谷先为喻意，遂赞叹不绝口，长安始为释然。南田于篇末曰："嗟夫！奉尝（按，指烟客，南田书'常'为'尝'，避明讳也）曩所观者岂梦耶？神物变化耶？抑尚埋藏耶？或有龟玉之毁耶？其家无他本，人间无流传，天下事颠错不可知。"又曰："王郎（按，指石谷）为予述此，且订异日同访《秋山》真本，或当有如萧翼之遇辩才者。"

此文原稿曾刻于《宝恽室帖》。墨迹近年复经影印流传，非独书法精妙，谛观其删改之迹，实足见当时结撰之匠心。其中文词修润甚多，略举其重要关节数处：（一）记烟客再访《秋山》而主人不纳之事曰："因知向所殷勤，在推宗伯（按，指香光）之余也。"改为"奉尝徘徊淹久而去"，意在不欲见人轻烟客也。（二）记王长安得画事曰："王氏果欲得之，客知指，亟闻于藏画之家。于是京口张氏悉取所藏并持一峰（子久别号）《秋山图》来，王氏大悦，与值去。"改为："王氏果欲得之，并命客渡江物色之。于是张之孙某悉取所藏彝鼎法书并一峰《秋山图》来，王氏大悦，延置上座，出家姬合乐享之，尽获张氏彝鼎法书名迹，以千金为寿。"以见王氏得图之郑重也。（三）记烟客、石谷之相会也，曰："会奉尝与石谷要期同会于金阊（按，即指苏州），石谷先至。"改为："王氏挟图趋金阊，遣使招娄东二王公来会，时石谷先至。"以见烟客、圆照之来，非由自至，实出于王氏之招也。（四）记烟客之至苏州也，曰"先呼石谷与语"，上增"奉尝舟中"四字，以见非至王氏之门始相晤语，此与前条俱增高烟客之身份也。（五）记石谷之预示圆照也，曰："又顷王圆照郡伯亦至，石谷亟先谕意郡伯，郡伯诺，乃入。大呼《秋山图》来，披指灵妙，赞叹缕缕不绝口，谓王氏非厚福不能得奇宝。"其中涂去"石谷"至"乃入"十三字，而于"谓"字上增一"戏"字，既省赘笔，且免平浅率直之病。（六）篇末记王氏之不寤也，曰"王氏诸人至死不寤"，涂去"死"字，旁注"今"字。此皆足见南田选词命意之精细也。

至于烟客初见《秋山图》之年月,文中并未确记,但云:"抵京师,亡何出使,南还道京口。"按,《王烟客先生集》中《自述》及程穆衡《娄东耆旧传》等所记,烟客平生屡使诸藩,不易定此事为何年。惟烟客于崇祯四年(公元一六三一)以服阕赴京补官,北行舟中访《秋山图》题云"往在京口张修羽家见大痴设色《秋山》"云云,见《王奉尝题跋》。则知初见必在是年之前。估计距此时最近之一次出使,则在天启七年(一六二七),烟客以尚宝卿使闽,是年仅三十六岁,其赴京途中见画,又前于此。如在更早之某次出使,则烟客之年更稚矣。王长安名永宁,为吴三桂婿。撤藩事在康熙十二年(一六七三),此后则王长安死矣。南田云:"奉尝亦阅沧桑,且三十年,未知此图存否?""三十年"者,自顺治元年至康熙十二年也。"且三十年"者,不足三十年也。观画殆在撤藩前一二年乎?原稿初作"且五六十年",点去"六"字,改"五"成"三",亦见南田笔下之精密。张修羽名觏宸,字仲钦,丹徒人,修羽其别号也。所藏法书名画甚富。其子名孝思,字则之,世传古书画常见其藏印。其孙何名,不可得详。

又阮葵生《茶余客话》卷八,记吴门拙政园为平西王婿王永宁所有。又云:"滇黔逆作,永宁惧而先死。"知观画在拙政园,王长安乃闻变而死者也。

综观此事,烟客初见图不晚于三十六岁,人之见地,早晚年易有不同。且先入香光之言,藏者乍示旋收,求而不得,弥增向慕。

及晚年再见，遂同嚼蜡。事理如此，无足怪者。南田以传奇之笔，宛转书之，实以借寓沧桑之感，非专为记图而作也。第论其图，则是真非伪，原稿记烟客之问石谷曰："王氏已得《秋山》乎？石谷诧曰未也。奉尝曰赝耶？曰是真一峰物。曰得矣，何诧为？曰昔者先生所说，历历不忘，今否否，乌睹所谓《秋山》哉！"南田于"是真一峰物"句改为"是亦一峰也"，语意偏轻，以副其篇末疑辞，且不显烟客昔言之夸。以文章论，固见无限烟波，而以笃实言，似有未至，固不能为贤者讳也。

尝见董香光墨笔云山小卷，绢本，高六寸余，长四尺余。自题云："九峰春霁图，仿米家山，玄宰。"后有陈眉公跋云："米家画在似山非山之间，玄宰画在似米非米之间。此中三昧，唯余与李长蘅解之，玄宰亦以为然。眉公记。"

又见绢本云山大卷，水墨淋漓。小行书题云："春山欲雨。七十二高峰，微茫或见之。南宫与北苑，都在卷帘时。乙卯春禊，董玄宰写。"余和之云："此是董香光，抑是赵行之？从军诸火伴，初见木兰时。"赵行之名洞，曾为香光代笔，在赵文度之后。香光云："米元晖作《潇湘白云图》，自题云：'夜雨初霁，晓烟欲出，其状若此。'此卷予从项晦伯购之，携以自随，至洞庭湖舟次，斜阳篷底，一望空阔。长天云物，怪怪奇奇，一幅米家墨戏也。自此每将暮辄卷帘看画卷，觉所持米卷，为剩物矣。"见《容台别集》。前诗语意本此。

香光有《满庭芳》词，题所作米家山云："宿雨初收，晓烟未泮，散云都逐飞龙。文君翠黛，一霎变鬈容。多少风鬟雾鬓，青螺髻，飘堕空濛。频骋望，征帆灭处，远霭与俱穷。古今来画手，谁如庄叟，笔底描风。有江南一派，北苑南宫。我亦烟霞骨相，闲点染，懵懂难工。但记取，维摩诘语，山色有无中。"见《书种堂帖》，可知香光自负，端在于此也。"宿雨初收，晓烟未泮，其状若此"数语乃小米《潇湘白云图》卷后长题之首数句，《容台别集》一段所引有误。此卷今在上海博物馆。

董香光《云山图》

纸本，长一丈四尺二寸五分，高一尺一寸，画仅占一丈一尺二寸，余纸皆写题跋。卷曾经水，纸多糜烂处，未损处墨彩仍存。以焚余子久原图校之，仅有其半。必前半烂损过多，遂加剪削耳。石谷自题云：

一峰老人富春长卷，海内流传名迹中称为第一。沈征君、董宗伯先后鉴藏，烜赫绘林。曩从毗陵半园唐氏借摹粉本，后凡再四临仿，始略有所得。丙寅秋，在玉峰池馆重摹。仰钻先匠，拟议神明，犹深望洋之慨。王翚。（下押"王翚之印"白文印，"石谷子"朱文印。）

此跋笔意妍媚，是恽南田所书，王翚二字乃石谷亲笔。曾见石谷仿范华原卷，其标题一行即南田书，年款一行则石谷书，后复有南田跋尾。想见当日商榷笔墨之乐。

后有"复庄鉴定"白文印；"臣阮元私印"朱文印；"奉敕编定内府书画"白文，亦阮氏印；天津徐世纲藏印三方。

石谷屡临《富春山居图》，初读南田"瓯香馆画跋"中所记，每为神往。及见石谷真迹，实复平平，视子久真迹固不如，且亦不及读南田之文之精彩动人也。石谷临《富春山居图》，余曾见四卷，皆真迹，以高丽笺本长卷为最著，其后南田数跋之外，以翁覃溪跋为最精，字作庙堂碑体。上海孙伯渊兄弟自北京购得，余曾匆匆一观。笔墨一律，殊少变化，盖石谷笔墨于范宽、王蒙诸家最

▲ 临黄公望《富春山居图》局部

契，于子久、云林柔韵之笔，性颇不近，故觉此等临本之笔无余味耳。

又子久此图，乾隆内府先收一伪本，御题若干次，后得真迹，不便自翻前案，乃命梁诗正题称真迹为临本。此桩公案，近人考辨甚多，兹不复及。惟《石渠》所藏两卷，余皆尝寓目，且俱有印本。御题之本，实亦石谷临本之最率意者，为人割去王款，伪题黄款。不见石谷此等临本；其覆终无从发。而言斯图者，于御题本之笔者为谁，亦鲜论及，因拈出之。

一九六四年十二月二十七日

王石谷仿山樵画

石渠旧藏王石谷仿黄鹤山樵山水立轴纸本。作解索皴，笔墨离披，气息古厚，以朱砂赭石点染树叶屋宇，山不着色，行笔在有意无意之间，真石谷平生合作也。未题款识，仅于幅边钤印二方，乍见几不识为石谷笔。上有王烟客一题，恽正叔两题，叹赏备至。余尝疑王、恽诸贤之题石谷画，未免过誉，及观此幅，始信其非溢美。而习见刻画甜熟之作，皆赝鼎耳。烟客题云：

石谷此图虽仿山樵，而用笔措思，全以右丞为宗，故风骨高奇，迥出山樵规格之外。春晚过娄，携以见示，余初欲留之，知其意颇自珍，不忍遽夺，每为怅怅。然余时方苦嗽，得此饱玩累日，霍然失病所在，始知昔人橄愈头风，良不虚也。

正叔题云：

乌目山人为余言，生平所见王叔明真迹不下廿余本，而真迹中最奇者有三：吾从《秋山草堂》一帧悟其法；于毗陵唐氏观《夏山图》会其趣；最后见《关山萧寺》本，一洗凡目，焕然神明，吾穷其变焉。大谛《秋山》天然秀润，《夏山》郁密沉古，《关山》则离披零乱，飘洒尽致，殆不可以径辙求之，而王郎于是乎进矣。因知向者之所为山樵，犹在云雾中也。石谷沉思既久，暇日戏汇三图笔意于一帧。艾荡陈趋，发挥新意，徊翔放肆，而山樵始无余蕴。今夏石谷自吴门来，余搜行笈得此帧，惊叹欲绝，石谷亦沾沾自喜，有十五城不易之状。置余案头，摩娑十余日，题数语归之。盖以西庐老人之矜赏，而石谷尚不能割所爱，矧余辈安能久假为韫椟之玩邪？

以上二题，载在《西庐画跋》及《瓯香馆画跋》中。其后尚有正叔一题，为《瓯香馆画跋》所不载。曰：

> 偶过徐氏水亭，见此帧乃为金沙潘君所得，既怪叹，且妒甚。不对赏音，牙徽不发，岂西庐、南田之矜赏，尚不及潘君哉？米颠据舷而呼，信是可人韵事，真足效慕也。但未知石谷他日见西庐、南田，何以解嘲？冬十月南田恽格又题。

语杂嘲讽，读之解颐，盖石谷此图，必劫于金沙潘君之厚币也。潘君者潘元白也，名眉，当时文人常称及之。余于吴见思《杜诗论文》刻本前参校人中亦见其姓名，盖亦富而好事者，行履尚待考。

一九九一年三月

记《式古堂朱墨书画纪》

《式古堂朱墨书画纪》八十卷，卞永誉撰，原稿本北平图书馆藏。卷前有朴孙庚子以后所得长方钤记，完颜景氏故物也。向无刊本，近人龙游余氏著之于《书画书录解题》，谓其甚足为知人论世之助。予曾寓目，书分书、画二纪，自述凡例十二条。盖先取书画汇考已经著录之书画家千一百余人，又取题跋之家二千余人，复采他书所载能书画者三千七百余人。各编年表，自生至卒，逐年排比。某朝某帝某年若干岁，不书事迹，所历官阶，旁注于封授之年。每人后附传略，皆录《图绘宝鉴》等书，无甚考订。凡朝代帝王用朱笔，年号用蓝笔，余皆墨笔，颇醒眉目。凡例之末自云：或为知人论世之助。余氏之语，即取原文。顾其语殊空洞。书画家之生平，奚关论世，仅书年岁，又何有于知人。不惮烦琐，蒙有故焉。

夫鉴定书画之法多端，如辨纸素，校印章，证题跋，皆市贾持为秘诀者。具眼之士，则必审笔墨之精粗，神气之雅俗。且一人笔墨，幼而稚弱，壮而健劲，至于老境，或归平淡，或入苍茫，或成衰退，各有造诣。巧匠作伪。所难尽合。至于官阶升黜，居处南北，系于史实，皆可以岁月索骥。故鉴赏家得名迹，于纸素、印章、题跋之外，尤须考核岁月，以相印证。卞令之以达官好古，有力收藏，审辨书画，自当考其时代，以习见名家生卒列为年表，干支岁月一览可得，省推计之劳，莫便于此。而是书之作，即据是法，遍及诸家。试观先取汇考著录之家，其消息自见。然著作汇考，必取资于年表，则此千一百余家年表初稿之成，决不在汇考后。就中又以自藏其迹者为最先，可断言矣。汇考著录之迹，于卞氏自藏者外，尚及耳目见闻。此书于汇考著录诸家之外，又采他书，推而广之，取盈卷帙，正一例耳。窃意卞氏既欲以年表成书，又嫌体制未备，乃撮各家传略于后，以实之。余氏怪其征引别无僻书，且惜其未加剪裁，实未窥得卞氏之初衷。又持钱竹汀《疑年录》、吴荷屋《历代名人年谱》相较，不知立意不同，未可并论。鉴赏家善用其书，未尝不足为考订之助，至体例得失，则成事不说也。

记《楝亭图咏》卷

《红楼梦》作者曹雪芹的祖父曹寅，字子清，号荔轩。他的别号楝亭，更是人所习知的。他刻的书常以"楝亭"标题，也是他这一别号传播的一个有利条件。若问他这别号的来源，便觉得不够十分具体。近年看到《楝亭图咏》，不但可以印证楝亭别号的来源，还从中看到若干历史痕迹。若从曹雪芹和他的著作方面看，虽不能得到直接的资料，但可以看到他的家世、生活和当时曹家的政治地位及社会地位。所以这份图咏不仅是名人书画真迹，更是重要的文献资料。

《楝亭图咏》现存四卷，内容是清初许多名家所画的《楝亭图》和题咏楝亭的诗、词和赋。各段都是纸本方块，纸色并不一致，可知原来是若干本册页，不知何时被拆开，各自搭配，改装成卷。每卷大致都是前边装几页画，后接若干家题写的诗文。

清陆时化《吴越所见书画录》著录《国朝恽南田诸名贤楝亭诗画卷》一卷，内容是：尤侗的《楝亭赋》，禹之鼎、恽寿平、程义、严绳孙的《楝亭图》，徐乾学、韩菼、徐秉义、尤侗、杨雍建、王鸿绪、宋荦、王士禛题诗。现在这些段有的在这卷中，有的在那卷中。如果陆时化著录的不是摹本，便是陆时化著录那一卷后，又有人续得其他若干段，重新搭配改装。卷中常见有"廙轩"收藏印章，廙轩是清末湖南巡抚俞明镇的号，是否即是俞氏所装不可知。卷中绘画的人，多是当时的大名家，题咏的尤其多是当时的大名人、大官僚。当时各本册页的总数必不止于此，改装成卷时，也不知共装多少卷，但看这仅存的四卷，已足使人惊诧了。

四卷共有图十幅，画者计有：黄瓒、张淑、禹之鼎（两幅）、沈宗敬、陆漻、戴本孝、严绳孙、恽寿平、程义。题咏者计四十五家，计有成德、潘江、吴暻、邓汉仪、王方岐、唐孙华、陈恭尹、吴文源、方仲舒、顾彩、张渊懿、方嵩年、林文卿、袁瑝、姜宸英、毛奇龄、张芳、杜浚、余怀、梁佩兰、秦松龄、严绳孙、金依尧、顾图河、王丹林、姚廷恺、吴农祥、黄文伟、王霨、何炯、徐乾学、韩菼、徐秉义、尤侗（两篇）、杨雍建、王鸿绪、宋荦、王士禛、徐林鸿、冯经世、田时发、邵陵、许孙蕴、潘秉义、石经。

这里边有明朝的遗民，有清朝的新贵，也有明臣入清的人物。有诗人，有学者，有画家，更有当时“炙手可热”的大官僚。也有比较冷的名头，我自愧谫陋，一时还没有查出他们的事迹。

各家所题的上款，有题曹寅的字或号的，也有子清（或荔轩）、筠石并题的。筠石是曹寅的胞弟曹宜。

四卷中有纪年的七段，计有甲子（康熙二十三年，公元一六八四）、乙丑（康熙二十四年）、丁卯（康熙二十六年）、庚午（康熙二十九年）、辛未（康熙三十年，四卷中共有这一年纪年的三段）。

图咏的缘起是这样：曹寅的父亲曹玺在江宁任织造时，曾手植一棵楝树，这种树俗名金铃子。曹寅后来继承他父亲也在江宁任织造，为了宣扬他父亲的“遗爱”，所以起这一个亭名，并用作别号。请人作画、作诗、作文来做纪念。在许多诗文中，姜宸英的《楝亭记》一篇说得最概括。迻录于下（段落是我分的）：

本朝设织造，江宁、苏、杭凡三开府。故工部侍郎完璧曹公以康熙初年出苏州督理府事，继改江宁。省工缩费，民以不扰，而上供无阙。公暇，退休读书，除隙地作亭，相羊其中。今户部公时尚幼，朝夕侍侧，知其亭而不能记其亭之所以名也。比奉命来吴门，纂先职，以事抵金陵，周览旧署，惜亭就圮坏，出资重作，而以公手植之楝扶疏其旁也，遂名之为楝亭。攀条执枝，忾有余慕。远近士大夫闻之，皆用文辞称述，比于甘棠之茇舍焉。

余惟织造之职，设自前朝，咸领之中官，穷极纤巧。竭民脂膏，期于取当上旨，东南民力，不免有杼轴其空之叹。及于季世，大珰柄政，中外连结，钩党构衅，至于众正销亡，邦国殄瘁，斯一代得失之由，非细故矣。

今天子亲御浣濯，后宫皆衣弋绨，为天下节俭先。两省织造，俱用亲近大臣廉静知大体者为之，而曹氏父子，先后继美。及是亭之复，搢绅大夫，闻先侍郎之风，追慕兴感，与户部公特诗歌唱酬而已。则夫生长太平无事，所以养斯世于和平之福者何如！而是亭之有无兴废，可以不论也。辛未五月，与见阳张司马并舟而南，司马出是帖，令记而书之。舟居累月，精力刓散，文体书格，俱不足观，聊应好友之命，为荔翁先生家藏故事耳。慈溪姜宸英并记于梁溪舟次。

我们知道清代特别是前期，鉴于明代太监干预政事的弊病，对于太监的抑制是非常尽力的。但是有许多的事，是统治者不能一律交给外廷官员办的，于是那些事便落到内务府旗籍人的身上。按，内务府人，满语称为"包（家）衣（的）尼阿勒麻（人）"。原来清初各旗都由王公贵爵为旗主，各旗也都有"包衣人"。而镶黄、正黄、正白三旗，是由最高统治者自领，也即是皇室的亲军。号称上三旗，后来这三旗的"包衣人"便成了专管皇帝家政的内务府旗籍。其他五旗，号称下五旗，其"包衣人"便成为各王公贵爵府中的"包衣人"。在汉语中，"内务府"和一般"包衣"有高低之别，而在最初的满语中，都只是"包衣"一词。简单地说，"内务府"籍，即是皇帝的"家人"，从广义说，封建时代，一切被统治者都被认为是皇帝的"臣"或"奴才"，但内务府籍更具体地是给皇帝办理私事的。因此清代有许多"差使"的缺额成为内务府旗人专利品，除了京中的内务府各司等等职务之外，像外任的各海关和织造等，也是这般人的专缺。大家习知，清代皇帝宫廷的用费收入和用物采购，是靠税关和织造的。而这种官职又是最"肥"的缺。于是凡得一任这类"差使"的人，便顿时成为"暴发户"，何况像曹家这样蝉联几任、递传几代呢？清前期的皇帝也很"机灵"，鸭子肥了，可以烹食；奴才肥了，可以抄家。于是这些人也就常见被籍没的。

这些人，得任这些差事，当然是因为可被皇帝亲信的，而清初时期，江南地方，对清朝皇帝来说，更是非常重视的。所以皇帝在当时有许多不能公开的事，也很自然地由他们承担起来。例如置办什么"以荡上心"的"奇技淫巧"，伺察什么官僚们的行动，以至拉拢什么在当时有声望有地位的人物等等。于是这般人的开支，也就必然有绝大的活动余地，而有形的职权和无形的势力，也就不难想象了。所以他们的富可以超乎一般贪污的范围，而他们的贵也另有"三公不易"的。至于曹锡远一家，在清朝统治集团中，虽是"内务府汉军"，但他们从辽东即属基本的队伍，并不同于某些后来编入旗籍的"汉军"，而且清初有许多内务府汉军被编入满洲旗下（大约在乾隆的时候又有许多改编汉军）。所以他们受到清代皇帝的特殊信任，是有由来的。

从这四卷中初步看到许多对于研究当时历史情况有关的迹象。例如：当时大官僚，特别是隐持实力的像徐乾学，后来直到被攻击下台时，皇帝还赐给他"光焰万丈"的匾额，可谓炙手可热的了。再像王鸿绪也是具有特殊的政治势力的人，举一小例说，他可以不费一文钱一下子吃没了高士奇全部的古董，其他可想而见。但这些人对于曹寅，却一一恭恭敬敬地赋诗，亲笔小楷缮写，难道完全出于尊敬曹玺、佩服曹寅吗？还有明遗民像恽寿平、陈恭尹、杜濬、余怀等，在当时"故国之思"是非常明显的，操行也相当坚定的，但也不能不敷衍曹寅。恽寿平尽管画得非常潦草、不题上款，从画上几乎听到他说"爱要不要！"，但究竟还得写上"楝亭图"三个字。陈恭尹等，不管他的诗是否收入集子，也仍然要赋咏那个楝亭的题目。这些可以见到曹寅的势力，如果深一步推测，这些书画的背后，也即透露着曹寅拉拢这般人的痕迹。

再看成德和汉军张纯修是莫逆之交，今传世有他给张的二十九札，可以看到他们的友谊深厚。成德死后，张曾为他刻《饮水诗词》。又传世有《楝亭夜话图》是张纯修所画。内容是画他和曹寅、施世纶同在楝亭中夜话的纪念图。后有曹、施的诗跋。大家知道，施世纶即是小说《施公案》中的施公，也是当时皇帝的亲信爪牙之一。知道他们四人之间是往来密切的，这四卷中姜宸英和戴本孝画题中都提到张司马，即是张纯修。而今四卷中并没有张、施的笔迹，且从当时各家诗文集中常见有题楝亭的作品，而不见于这四卷的，可知当时题咏书画，绝不止这些段。

最可笑的是王士禛，他曾累次在他著作的笔记中说明他不善写字，他的字都是他的门人林佶、陈奕禧代笔。但我们看到许多他的亲笔手札、诗稿等，字写得并不坏，又见到他为周亮工、陈其年等人题画册、画卷的字，都和手札、诗稿一样是亲笔，便觉得奇怪，他为什么在当时很流行的著作中宣布代笔人呢？后来见到这幅《楝亭诗》，知道他果有用代笔的时候，后又见曹寅藏董其昌字册，和当时内府籍的官僚卞永誉所藏康熙御笔字卷，都有王士禛题字，都是这个代笔人写的，非林非陈，写的都不高明。因此认为王士禛大概是不愿应酬像曹寅这样的人，甚至在著作中宣布代笔人，说明自己不善书，是为免得人家对他不满。但是再看各家的题咏中，露出另一消息，即是尤侗在诗序中说："予在京师，于王阮亭祭酒座中得识曹子荔轩。"原来曹寅早是王士禛的座上客。那么私室谵谈是一种"交情"，赋诗题字又是一种面目。他恐怕没想到这个两重人格无意中被尤侗给透露了。

　　还有邓汉仪的作品在这四卷中也惹人注意。我们知道《红楼梦》中在袭人嫁给蒋玉菡时引"千古艰难惟一死，伤心岂独息夫人"二句，即是邓汉仪的诗。而这段情节，恰在后四十回里。如果说后四十回是高鹗一手续造的，那么即是高鹗熟习邓诗。且从一些记载中知道，这首诗曾经传诵一时，高氏引用，是并不足异的。但曹雪芹熟习他先人朋友的诗，也很可能，那么后四十回是否曾有曹雪芹遗笔在其中呢？这只是当做一个问题提出，绝不敢据此便这么引申下去以至作出结论来。

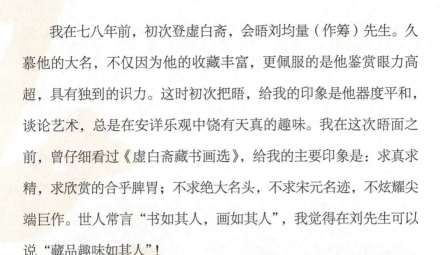

我在七八年前，初次登虚白斋，会晤刘均量（作筹）先生。久慕他的大名，不仅因为他的收藏丰富，更佩服的是他鉴赏眼力高超，具有独到的识力。这时初次把晤，给我的印象是他器度平和，谈论艺术，总是在安详乐观中饶有天真的趣味。我在这次晤面之前，曾仔细看过《虚白斋藏书画选》，给我的主要印象是：求真求精，求欣赏的合乎脾胃；不求绝大名头，不求宋元名迹，不炫耀尖端巨作。世人常言"书如其人，画如其人"，我觉得在刘先生可以说"藏品趣味如其人"！

晤谈后，当然要拜观他的宝藏了，首先给我看的是一本册页，打开一看，首先是"亘古无双"四个铁线篆书，王澍的手笔，里边是王翚的山水四开、恽寿平的花卉四开。这一册在民国初年的文明书局有珂罗版黑白色的影印本，我在六十多年前就得到过，几十年中，经过多少次的折腾，竟自没有离开过我。但不免遗憾的是，明白意识到山水部分可能设色不重，甚或会是水墨的，而花卉部分，必有彩翠辉煌，不知要如何地漂亮，这在黑白版中，是无法见到的，而原迹渺茫，不知何时何地才能一遇。现在赫然出现在我眼前，几乎使我要高声大叫，如在梦中。

王画四开，两开有纪年，一是乙丑，一是丙寅；恽画四开，只有一开画桂花题看桂诗一首，题"丙寅中秋玉峰北园看桂十首之一"，又一开题王画之后记"南田草衣题于玉峰精舍"。而王画乙丑一开题"乙丑端阳前二日金陵客舍剪灯戏笔"，可见不但不是同地所画，恽氏录看桂诗所说"丙寅中秋玉峰看桂"也可理解为说明那首诗是丙寅所作,未必即是丙寅所书。但可知的是王画在前,恽画在后。藏王画的人,不但再求恽画凑成合璧,在王画上还求恽题,可见这两位宗师在当时的鉴赏收藏家的心目中具有何等地位!无怪三百年后,他们的作品与宋元名画等价,是有充分道理的。

至于这八开妙迹的风格,更是使我惊诧。在影印本中,王画山水只是墨笔的精作,谁知出人意表的是,竟每开都有些极淡的颜色,仿佛是在有意无意之间轻轻点抹,当然一笔颜色不加,也绝不见得画面有何不足,而在画成收场后,顺手抹它几笔,恰到好处,便觉得天造地设,早就应有那么几笔。可以想象,这时在场的画者是如何得意,观者是如何叫绝,当时没有录音录像,即在这册纸上,竟可想见画案周围人们的音容笑貌,似乎都一一从纸上折射出来。旁人观感如何,我不知道,至少虚白斋主人会和我莫逆于心,任人笑我们在说梦话。

在印本中看到恽画花卉,当然只剩黑白二色,及至目见真迹,纸上的颜色却都那么淡雅。可异处在淡而不薄,浓而不艳。最奇的是红白二色洋菊,花瓣碎,花叶密,一般情理,应该出现繁花似锦的状况,而这幅画却愈发显得清疏磊落。这种画品画境,在恽画真迹中本属他个人独有的特征,从这里也可以得到鉴赏恽画的标准。那些脂稠粉腻的作品,如非代笔,定是伪作。这册中恽画里也并不是毫无纯红正色,有一幅腊梅天竹,有一枝疏疏落落的天竹红豆,看上去得到的感觉,绝不是丹唇外朗、宝石腾辉,而似白鹤的丹顶,仙翁的朱履,唤起人的超然物外之想。没见过这些真迹的人,必以为我在以主观意识，推测古人。也不足怪，说食不饱，没见真迹，怎能轻信。看完八开妙迹之后，才心服王澍所题"亘古无双"四字，是如何确切了。又想到他是在什么感受，怎样心情，如何选辞而得此四字的。不过这四个字却又不是毫无语病，因为八开画是二人所画，已是一双，加上他篆字所书的这句评语，便是三绝，如果令我加题，必要写"亘古无四"了。

关于这本妙迹，还有一个动人的故事，我听许礼平先生告诉我，有一次刘先生和饶宗颐先生相约在西岛慎一先生（日本二玄社）下榻的希尔顿酒店晤面，商谈编纂《虚白斋藏画选》事宜，并携藏品二件前往。刘先生的车从九龙走到海底隧道出口时，被疾驶而失控的大型巴士迎面撞个正着，刘先生从车的后座飞起，头部撞破车头挡风玻璃，抛出车外，掉在天桥底的石柱与铁栏之间，虽大难不死，已头破血流、昏厥过去，醒来第一件事，即拟回身往车中探取藏品，途人见刘先生血流披面，立即劝止勿动，有一青年自破车中帮刘先生取出宝物，首要的就是这一册宝贝。挟了宝贝才肯赴院就医，结果缝了十几针，止了血，出医院时，还是紧紧挟着这册宝贝。随着扶他的人，无不失笑，而刘先生自从从车中取出画册后一直是喜形于色，庆幸宝贝没受损伤。这事既可以证明刘先生如何的"痴"，也可证明宝贝如何的"重"了。

南宋赵孟坚新买到定武《兰亭》真本一卷，船行途中，风大船翻，行李落水。他自己捞起《兰亭》，站在水中大叫着说《兰亭》在这里，后来自己在卷前题了八个字，是"性命可轻，至宝是宝"。这件事，千年以来传为艺苑佳话。赵孟坚虽然落水，而没受伤，比起头伤流血，缝了十几针的刘均量先生，岂不轻松许多？从而可说这时这册恽、王合璧画的价值高于那时那卷定武《兰亭》若干倍，应是毫不夸张的吧！

以历史故事为题材的人物画，在我国绘画史上，会具有很光辉的传统。徐燕荪同志的近作《兵车行》，便是这一类作品中比较优秀的一件。

兵车行是怎么一回事呢？唐帝国发展到了玄宗（李隆基）时代，已经达到这个封建王朝的最高峰，于是皇帝和权臣们除了穷奢极侈追求享受外，还时时希图借着武力对外扩张，来巩固自己的统治势力。当天宝十一载（752年）的时候，奸臣杨国忠初任右相，发布命令，征讨吐蕃。官吏到处抓民丁，枷送到军营当兵，使得人民父子夫妇离散，和平生活遭到严重的破坏。伟大的、具有人道主义精神的诗人杜甫，便通过一个当时路旁行人的口吻描述了这次抓兵的苦难图景。这首诗开头写道：

车辚辚，马萧萧，行人弓箭各在腰，耶（爷）娘妻子走相送，尘埃不见咸阳桥，牵衣顿足拦道哭，哭声直上干云霄。

我们的画家就根据这几句诗画出了这个惊心动魄的悲惨场面。

画家选择了咸阳城外一片荒郊，用烟尘逐段隔断征夫的行列，表现了无从数计的被抓的民丁。又把骨肉分离那一短促时间里抱头痛哭的情景，集中地、突出地摆在画面最主要的地方，同时旁边加上如狼似虎的官吏，更加点明了这一事件的来源。我们从这里可以理解全诗篇中所叙述的那些十五岁从军、四十岁还没回家的战士们一生的命运，那千村万落都毫无人烟、生了荆棘，耕地里没有男人只剩下妇女的荒凉可怕景象，都是从此开始。直到那些无人收葬的雪白战骨，也正是这些民丁的最后收场。

画面不同于诗篇，除了连环图画的体裁以外，是不容易叙述一个故事的发展的，但是优秀的画家，如果把握了最典型的东西，也就能够表达深刻的内容，而使观者不难理解它的前因后果。

这幅画运用了中国绘画的传统形式，笔法主要的是单线勾勒，而所用的笔触的粗细刚柔，又随着物象的性质而变化。色彩浓厚鲜明，又分明地吸取了唐宋以来壁画的风格。在构图上，人物众多，但是层次分明，并不因此而感到迫塞。都是这幅画的一部分特点。我们知道，作者对于中国古典文学和历史都有相当丰富的知识，所以创作历史故事画，不但能掌握人物的思想状态，就是对于服装、兵器的样式，也都用过一定的考订功夫。这是值得我们重视的。

这画上另有一项特点，即是虽然没有明显地运用焦点透视法，但在人物远近比例上，却有显著的差别；又在色彩上虽没十分地注重光暗的差度，但在远处人马的色彩，确实比近处的灰一些，这一方面烘托出一些惨淡的气氛，一方面也表现了空间的距离。我个人觉得这是作者近年不断欣赏西洋有名绘画，吸取了某些方法，融化到中国民族绘画形式里来的一个证明，而毫无生搬硬套的痕迹，也不能不说是这种尝试的成绩。当然，吸取西洋画精华的方法，绝不是说如此即够，或只能如此；同时作者是否曾经有意吸取，还是不自觉地习染，那又不是在这里所能探讨的；但在画面效果上，却分明地摆着这样一些因素。

总之，《兵车行》是古典文学中一首具有相当高度人民性的诗篇，这幅画又是基本上能够表现诗篇中一部分典型形象的一件作品，并不是仅仅起着一种文学作品插图的作用而已。为了使广大群众更好地欣赏祖国文学美术的遗产，了解历史上人民斗争的经过，了解民族艺术的特点，我们希望画家们更多创作一些这一类的作品。

一九五六年十一月

辑三

成竹在胸
见意境

　　风景画到了唐末、五代和宋初，在过去原有的基础上又发展了一大步。出现了并不局限在作为人物布景，而是突出地描写美丽山川的"山水画"。在这个时期里的著名山水画家，应该首推荆浩。

　　荆浩字浩然，山西沁水人；生卒年无考。据宋代郭若虚《图画见闻志》所记，可以见得他主要活动的大概时间（刊在"唐末二十七"里）。他的身世，历史上的记载也比较简单。他自号"洪谷子"，据说是因为躲避当时军阀割据所造成的战乱，隐居太行山的"洪谷"而起的。那么这位大画家所以集中力量来歌颂伟大的山河的思想倾向，很可以从这一点上来推知。

　　他曾把画山水的方法写成了一卷《山水诀》教给后人。他很自负地说过："吴道子有笔而无墨，项容有墨而无笔。"他自己却要兼有二人的长处。我们可以理解他说这个话并不是专为菲薄老辈，而是强调绘画表现手法应该有最完美的要求。当然，创作的进步绝不仅仅限于笔墨的讲求；可是这一问题的提出，却反映了绘画艺术在理论和实践上在这时候已有相当高度的发展。

　　荆浩的遗迹流传到今天的，要数《匡庐图》。画上有宋人题记，审定为真迹。这幅画的构图，在中国山水画的历史上应该算是一种创造。他把从不同角度上观察来的山石、树木、人家、路径……曲折繁复的景物，巧妙地安排在一个长幅里；同时更具体地显示出主山的巍峨高耸，写出了庐山的秀拔。这种主题鲜明、效果显著的作品，不能不说是荆浩在古典艺术传统里更进一步的发展。

　　但是，究竟荆浩还是初期的山水画专家，这幅《匡庐图》在表

现的技法上，还有一定程度的给人一种板滞的感觉。传为荆浩所作的《崆峒访道图》，也是一幅较古的山水画；此外，大抵都是元明以来的伪作了。

荆浩的徒弟关仝（又写作同、仝），长安人。他学习并且发展了荆浩的特长。宋人说他画的山水是"石体坚凝，杂木丰茂"，这说明他的作品对于对象的质感、量感是有所体现的。我们从保存下来的关仝作品《山溪待渡图》上看，那湿润厚重的山石和茂密的草树，觉得宋人的评论是很恰当的。这幅画全图不作细碎的写景，只作简括的开合；使观者如同站在深山大壑之中。《待渡图》比《山溪待渡图》取景更近些。宋人说关仝喜作"秋山寒林""村居野渡""渔市山驿""使见者悠然如在灞桥风雪中"。类似这样的真实感受，我们在《待渡图》中是完全可以体味到的。

关仝的成就，比起荆浩，是有显著进步的。我们从记载上知道他一方面学习荆浩，但并不受一家的成法所拘，同时还汲取了毕宏的长处。宋人说他的画"笔愈简而气愈壮，景愈少而意愈长"，这是指他作品中的概括性与构思而言的。

和关仝同时的江南的山水画家，首先数着董源。

董源（又作元），字叔达，钟陵人。曾作南唐的"后苑（北苑）副使"，所以被称为董北苑。历史记载他善于写"山水江湖、风雨溪谷、峰峦晦明、林霏烟云，与夫千岩万壑、重汀绝岸"。

流传下来的董源的许多作品中，以《潇湘图》较为著名（尤其是明清以来）。这个短卷，描写江岸洲渚之间的渔人、旅客的各项活动。这幅画，不画水纹，只用荡漾的船只和摇曳的芦苇，就衬托出江面的空阔；不勾云纹，多留山头空白，以碎点来表现朦胧的远树，云烟吐吞，远处山头，沉浸在一片迷茫中。

宋人说董源作画并不模仿别人，而能"出自胸臆""使览者得之，真若寓目于其处。"又说：至于"足以助骚客词人吟思，则有不可形容者"。实际上，他的作品不但是"足助吟思"，它的本身就是美丽的诗篇。关于这一点，绝不仅仅是董源一个人的特长，而是中国山水画的一种优秀传统。

李成，字咸熙，因为住在"营丘"地方，被称为"李营丘"。

历史上说他"志尚冲寂,高谢荣进"。王公贵戚请他作画,他全都不答。在当时鄙视富贵,不肯同流合污,是个有相当骨气的人。他画山水,在北宋初期被推为"古今第一"。《宣和画谱》详尽地记载他擅长描写"山林薮泽,平远、险易,萦带、曲折,飞流、危栈,断桥、绝涧、水石,风雨、晦明,烟云、雪雾之状"。可见他所作的风景画内容是如何的广阔和丰富了。

李成的真迹流传绝少,在当时已经有很多的"仿品"。现在保存的宋画中有他和王晓合作的《读碑窠石图》,可以从而窥见他所画树石的风格。又有《小寒林图》,也能帮助我们了解李成的山水

潇湘图

画作风。

范宽，原名中正，字中立；陕西华原人。因为性情宽缓，不拘世故，所以诨名为"宽"。常往来长安洛阳间，是北宋前期的山水画名家。

他最初曾经模仿李成的画法，后来自己叹息说：前人的画法，是从物象上直接画下来的，我与其模仿古人，何如直接描写大自然！因此便跑到终南山里住下，虽雪寒、月夜，都不能停止他观察自然、体验生活的活动。

宋人论到他的作品，说他不但能写山水的面貌，而且是"善于与山水传神"。又说李成的画"近视如千里之远"；范宽的画"远望不离坐外"。因为山水画遥远的距离固然难于表现；而那山川雄伟气势的"逼人"，也是很难表现的。我们从范宽的《溪山行旅图》《雪山图》和《临流独坐图》里，都可以看到这位大艺术家是怎样表现了关中一带的山川特点；怎样地为山水"传神"。

至于范宽的《临流独坐图》，不但写了突出的、坚实的山石，还更写了深邃的、虚空的溪谷和云气。这画比起《溪山行旅图》来，由于描写对象的不同，笔墨、构图和全部风格上都有一定的差别。使我们从这里认识到现实主义的艺术家是怎样用恰当的形式来表达不同的内容；也认识到范宽由于"师自然"所得到的艺术成就。

一九五六年四月

米元章《珊瑚》《复官》二帖，为历来著录有名之迹。《快雪堂帖》曾入石，多年临玩，梦想真迹之妙，定有远胜石本者。继见《壮陶阁帖》，附刻珊瑚笔架之图及各家跋尾，始知《快雪》删削之失。盖笔架为珊瑚三枝，下承以金座，其状似三枝朱草出自金沙中，故题诗云"三枝朱草出金沙"，不见此图，诗句竟不可解。惟《壮陶》刻工，远逊《快雪》，于是向往真迹之心愈切。

近年获见真迹，不但笔势雄奇，其墨彩浓淡之际，更见挥洒淋漓之趣，石刻中固不能传，即珂罗版印本，其字迹浓淡差异较微处，亦不尽能传出，故每观墨迹，常徘徊不忍去。

米老号称能画，世又常以扁圆点一派山水画之创始人归之米老，自《芥子园画传》以大混点、小混点分属大小米，于是米老又与大混点牢不可分，而米老之冤，遂不可雪！亦此老自诩画法有以自取也。何以言之？《画史》言尝与李伯时言分布次第，又言所画《子敬书练裙图》归于权要，宜若大有可观者，而进呈皇帝御览之作，却为儿子友仁之《楚山清晓图》，已殊可异。世传所谓米画者若干，可信为宋画者无几，可定为米氏者又无几，可辨为大米者，竟无一焉。今此珊瑚笔架之图，应是今存米老画之确切真迹矣。但观其行笔潦草，写笔架及插座之形，并不能似，倘非依附帖文，殆不可识为何物。即其笔画起落处，亦缺交代，此虽戏作，而一脔知味，其画法技能，不难推测。《画史》所言"山水古今相师，少有出尘之格者，因信笔作之"等语，但可作颠语观。再观其"树石不取细，意似便已"云者，实自预为解嘲之地也。不作当行画家，固无损于米老，而大混点竟得与米老长辞，亦自兹始！讵非米老之幸也哉？

此帖后各家跋，次序粘连有颠倒处，今排比如下：

米友仁，绍兴间。

谢在存，丁丑（1277年），宋端宗景炎二年，蒙古世祖至元十四年。

郭天锡，乙酉（1285年），至元二十二年。

杨肯堂，无年月，言与郭同行留题，盖同时书。

季宗元，丙戌（1286年），至元二十三年。

施光远，己丑（1289年），至元二十六年。

焦源溥，丁巳（1617年），万历四十五年。

成亲王，庚申（1800年），嘉庆五年。

郭天锡字祐之，号北山，元代鉴赏家，今传古法书多有其题跋。又画家郭畀，字天锡，非一人。此帖中祐之跋，与其所书其他法书题跋，笔法一致，真迹也。而日月干支，有不可解者。郭跋云"四月初七日戊申"，则四月朔当为壬寅，与史不合。汪曰桢《历代长术辑要》卷九，谓《元史》至元二十二年"八月有庚子，不合"。汪氏所排，本年各月朔如下：

正甲戌，二甲辰，三癸酉，四癸卯，五癸酉，六壬寅，七辛未，八辛丑，九庚午，十己亥，十一己巳，十二戊戌。

按，《元史·世祖本纪》本年八月有庚子者，盖朔日也。此跋又是四月壬寅朔，则当时颁行之历，本年四月、八月朔皆较长术所推上审一日，盖四月前必有一月为小尽。昔人推历有差，本属常见，而大小尽之置，尤多出入。以此跋与《元史》本纪合观，皆足以说明当时所颁之历如此，非不合也。世习称金石足以考史证史，自近代发现古简牍及写本以来，又知出土文物足以考史证史，不知世所视为美术古董之法书墨迹，固为未摹刻之金石，未入土之文物也，又岂独书法可赏已哉！

师承　宋徽宗书画

　　余尝谓宋徽宗于书画之道，堪称专门名家，瘦金字体，尤为特出，古人向重师承，以徽宗贵为帝王，当时遂无敢言其渊源者。偶阅《铁围山丛谈》卷一，见一条云："国朝诸王弟，多嗜富贵，独祐陵在藩时，玩好不凡，所事者惟笔研丹青图史射御而已……初与王晋卿诜、宗室大年令穰往来，二人者皆喜作文词，妙图画，而大年又善黄庭坚，故祐陵作庭坚书体，后自成一法也。时亦就端邸内知客吴元瑜弄丹青，元瑜者，画学崔白，书学薛稷，而青出于蓝者也。后人不知，往往谓祐陵画本崔白，书学薛稷，凡斯失其源派矣。"此事殆非蔡家人不能详知，在当时亦非蔡氏子不敢如此著笔也。徽宗瘦金书亦有数种，有肉较多而行笔自然者，极近薛曜石淙诗。至于笔画刀斩斧齐，起止俱成钩距者，殆后期之作，变本加厉，不但全无薛氏笔法，直无毛笔趣味矣。可惜其学黄一派之字，竟无传本。宋高宗早年亦学黄庭坚，所书《戒石铭》可证，后因刘豫遣间谍作黄体书，乃改学右军。今知其初学黄书，亦由父教耳。

一九六二年八月五日

中国的风景画——山水画，在南宋初有了极大的发展。这时山水画的创作趋向，更注意从整个气氛里反映出对象的精神，使人从画面上更真实地领略山川的雄奇、秀丽。即使一丘、一壑的小景，也给人以充分的美的感受，把人和江山的关系更艺术地表现出来。

这时期比较具有创造性的画家，要推李唐、马远和夏圭为代表（也有称刘、李、马、夏为四家的，实际上刘松年的作风和他们并不太接近）。

李唐，字晞古，河阳三城人。在北宋末年徽宗赵佶的时代，他已经进了画院（故宫旧藏的《万壑松风图》就是这时期的作品）。北方沦陷，高宗赵构南渡，李唐奔驰南来，过着艰苦的生活。后来一个内官发现他在街头卖画，荐到朝廷，李唐重入画院，受到很优的待遇。

从平生行谊上看，李唐是一个有民族思想的画家。

雪里烟村雨里滩，看之容易作之难。

早知不入时人眼，多买胭脂画牡丹。

从李唐写的这首诗里，可以看出他通过借喻来表达出他的抱负。他的遗作中著名的《采薇图》，刻画了几千年来被人公认在历史上"义不食周粟"的具有坚贞品格的伯夷、叔齐的形象。元人宋杞在图后题跋说：

意在箴规，表夷、齐不臣于周者，为南渡降臣发也。呜呼深哉！

这虽属推测，对于李唐的人品性格来说，应该是符合实际的。

李唐的名作流传下来的还不算太少，故宫旧藏的还有巨幅《雪图》和《江山小景》横卷等。《江山小景》卷能把极其繁复的江山景物巧妙地安排在一段横卷内，不但不曾使观者感到景物的迫塞，相反地，它却具有一种特殊的魅力；仿佛能把人吸入画图，在极端绮丽的山川里行走，并深深地感到祖国山河的可爱。我想现实主义的艺术手法，达到了这样的表现效果，是应该得到崇高的艺术评价的。

宋高宗曾经在李唐的《长夏江寺图》卷（现藏故宫）上题道："李唐可比唐李思训。"所谓可比是指哪些方面，虽然没有具体的说明，宋高宗是从什么角度来欣赏这幅画也值得研究，但在当时对李唐作品就有很高的评价，是可以理解的。又如日本旧藏墨笔山水两幅，一向传为唐代吴道子所画，近年才发现有隐藏着的李唐款字。在以"古"代表"好"的旧时代批评观点下，会把李唐的作品当做吴道子的手笔，那么李唐的艺术造诣，在某些人的眼里可与唐代大师们媲美，是无疑的了。

　　我们从流传的真迹看，李唐的作品是有着崇高的思想内容，而一切表现技法又都有着新的创造；它影响了他后一辈的画家马远和夏圭等人，都成为绘画史上的重要人物。

◀ 采薇图

马远，字遥父，号钦山；河中人，侨寓杭州。南宋光宗、宁宗朝他任画院待诏；善画山水、人物、花鸟等，画山水尤其著名。

他的山水画法是继承李唐而又有了发展。从流传的真迹和各种文献记录来看，他作画的题材是非常广阔的：历史人物故事和一般江湖、山野景物、农夫渔父的生活，都成为他歌颂的对象。

马远对于客观物象的性格观察得很深刻、表现得也很概括，他常用号称为"大斧劈皴"的坚实、爽朗有力的线条，来表现山石树木；但更主要的是他抓住了树石泉水的种种特征，删略次要的细节，表现它们的性格，写出它们生动的形象。

我们知道流动的水是很难描写的。现在看到故宫绘画馆所藏马远画水十二幅，用各种轻重不同的笔画来把朝夕风云长江大河等等不同情况下的水的状态都画了出来，而且画得非常动人；单从这些画上，我们也可以窥见马远在绘画艺术上的一部分才能。

马远画风景在体现景物的气氛、给人以真实美好的形象的感受上，都是很有创造性的成就的。即如我们常见的《深堂琴趣》《梅溪聚禽》《雕台望云》以及《雪景》四段小卷等小品，也能引导观者的精神进入一个诗一样的环境里去。清初人咏马远《松风水月》图有诗云：

由来笔墨宜高简，百顷风潭月一轮。

真能形容出马远作品的风格。

由于马远选景、构图最擅长从局部来表现全体，所以当时曾被人加上一个"马一角"的诨号。其实他也有所谓"大幅全境"描绘繁密景物的作品，不过这种作品也和前代一般的手法不同。如故宫所藏的《踏歌图》，写一个清和深秀的山湾里几个老农在那里快乐地歌舞，他用简括的线条、清秀的色彩，巧妙地把山环水抱的复杂景物写得那样远近分明，并没有多用花草点染陪衬，却十足表现出使人愉快的春山环境；这个环境和那几个人的欢愉情绪是完全适应的。从山石、树木、坡陀、泉水的形象描写和位置安排上，都可以看到他对景物如何的深入观察，技法是如何的精确熟练。我们看他任何一幅画上的笔触，大如山石轮廓，细至松针野草，以及人物衣纹、楼阁界划，虽然粗细不同，调子却都一致。

马远是一个多能的画家，他所画的人物故事如"四皓""老子""孝经"等图，无论从墨迹上、从记载上看，都有独创的风格和生动的效果。他画花卉也有很高的成就，流传的花卉画真迹不多，但从清初孙承泽所记"红梅一枝，茜艳如生"的话来看，这种画也是具有动人的艺术效果的。现在故宫博物院所藏的《梅石溪凫图》。正是马远创造的优美的花鸟画。

和马远同时代而略后的画家夏圭，在山水画的创作上，和马远的风格大致相似，但具体的又有所不同。历史上马、夏并称，这不仅说明他们的名声相等，而在事业上也都有巨大的成就的。

夏圭字禹玉，南宋首都临安人。宁宗朝的画院待诏。他的作品流传下来的也还不少。我们从作品上看，它比马远的山水画，又有

宿雨清畿甸

朝陽麗帝城

豐年人樂業

隴上踏歌行

了新的发展。

夏圭对于雄奇、广阔的可爱江山的歌颂，常常运用长篇的形式——就是用长卷的形式连续不断地尽情描写。这种长卷形式，原非夏圭所特创，但从马远一派笔墨更概括、物形更写实、结构更妙于剪裁的新作风来说，夏圭的长卷画还是新的创造。我们从他最著名的作品十二段长卷（今只存"遥山书雁、烟村归渡、渔笛清幽，烟堤晚泊"四段）中完全可以看到这种成就。明人题这卷后说："笔墨苍古，墨气明润；点染烟岚，恍若欲雨；树石浓淡，遐迩分明。"真说出了这卷的特点，也即是说出夏圭绘画风格的特点。又如《溪山清远》长卷，也和这十二段卷具有同样的艺术效果。

夏圭的画很少有复杂的设色。他用笔多变化，用墨的方法纯熟巧妙，随着客观物象挥洒自如，细看起来不仅外形准确，质感、空间感也表现得非常充分。他所以有这样高度的笔墨技巧，应该说是和他的深入生活，细致地观察自然、研究自然是分不开的。古代批评家热烈地说他"用墨如传粉"，想是指他善于掌握墨色的轻重厚薄并没有斧凿痕迹而言，它是不足形容夏圭的整个表现技巧的。

夏圭画树不用任何固定的夹叶形式（当然夹叶画法的形成，从绘画历史上讲，它曾有过积极作用），而用浓淡疏密大小不同而都富有血肉的点子写出它的性格和姿态。他的概括能力很强，对其他物象——繁复的如楼阁，活动的如人物，也都无一不是掌握住对象的特点而予以恰当的表现。我们在《西湖柳艇图》中，看到他用那种洗练的笔墨，概括地写出那么繁荣秀美的湖边景色，真不能不感

▲ 西湖柳艇图

叹夏圭艺术能力的高超。

　　明代董其昌是排斥"马夏"一派的绘画的，但他题夏圭的画时曾经写道："夏圭师李唐，更加简率，如塑工所谓灭塑。其意欲尽去模拟蹊径，而若灭若没，寓二米墨戏于笔端。"可见在事实面前，董其昌也不能不像他推崇二米（米芾、米友仁）一样，给夏圭以相当高的评价的。

　　马远和夏圭的绘画艺术在中国绘画史上曾发生很大的影响，而且也影响了日本的绘画，其艺术成就和历史意义，如其他重要的画家一样是值得作进一步研究的。

一九五六年六月

谈南宋院画上题字的『杨妹子』

一、引言

鉴定古代书画的真伪，所须辨别的，不止一端，应当最先着眼处，无款的辨别时代，有款的辨别姓名。倘若不知道款字是谁，又怎能判断它的真伪？即使能判断时代，也无法判断是这个人的亲笔还是别人伪充。宋元以来，名作如林，竟自有流传数百年，款印俱在，那些人也并不是潜耀埋名之士，况且累经名家鉴藏题跋，却一直地以讹传讹，终不能知道究竟是个什么人，像南宋"杨妹子"就是其中显著的一例。

世所传南宋画院马远、马麟的画迹中，常有宫人杨氏的题字，这人是谁，前代各家著录题跋每指称之为"杨妹子"，并且多说是宁宗皇后杨氏之妹，其名为"娃"。又或指题字为杨后。及至细考各件的题字印章以至各书记载，那些所谓"杨娃""杨妹子"的说法，多属辗转传说，竟在模糊影响之间，本文试申其所疑。

二、书画文献中关于"杨妹子"的记载

最早提出的是元人吴师道，他的《仙坛秋月图》诗见《礼部集》卷五，自注云：

宫扇，马远画，宋宁宗后杨氏题诗，自称杨妹子。

这是说"杨妹子"即是杨皇后。后来明初陶宗仪《书史会要》卷六，先出"恭圣仁烈皇后杨氏"小传，又出"杨氏"小传一条云：

> 宁宗皇后妹，时称杨妹子，书法类宁宗。马远画多其所题，往往诗意关涉情思，人或讥之。

这是说"杨妹子"是杨后之妹。明代王世贞又提出"杨娃"之说，《四部稿》卷一三七跋马远画水十二帧云：

> 画凡十二帧……其印章有杨娃语，长辈云，杨娃者，皇后妹也……按远在光宁朝后先待诏艺院，最后宁宗后杨氏承恩执内政，所谓杨娃者，岂即其妹耶？

看他说"印章有杨娃语"可见是据印文释为"杨娃"。又云：

> 题画后，考陶九成《书史会要》，杨娃者，果宁宗恭圣皇后妹也，书法类宁宗。

《书史会要》并没称杨娃，这是王世贞据印文与陶氏所记合而言之的。又厉鹗《南宋画院录》卷七引明项鼎铉《呼桓日记》云：

> 马远单条四幅，俱杨妹子题……其一绿萼玉蝶……再题

渾如冷蝶宿花房
擁抱檀心憶舊香
開到寒梢尤可愛
此般必是漢宮粧

这也是释印文为"杨娃"的。

至于认为题字即是杨皇后的，像前引元人吴师道诗注为最早，其后明人凌云翰有题"马麟《长春蛱蝶》并杨太后《扑蝶图》二小幅成一卷"七绝一首，见《南宋画院录》卷八引《柘轩集》。《长春》《扑蝶》二图，载在汪珂玉《珊瑚网》名画卷五。吴升《大观录》名画卷十四，俱未记画上款印，而图后有宋濂跋云："旧时曾在宫掖，故其间有上兄永阳郡王及杨妹子之字。"可以见其题款大概。凌云翰既称《扑蝶图》是杨太后作，便是认为款字是杨后所

▲ 雪梅图（局部）

题，也就是认为杨妹子即是杨后，这是近于吴师道之说的。清人王士禛《香祖笔记》卷四复驳吴师道诗注说："以杨妹子为杨后，误。"吴其贞《书画记》卷一记马麟雪梅图云：

> 上有杨妹子题五言绝句一首，有坤卦印，此乃杨后印，后即妹子姊也。

又卷三记马麟《梅花图》云：

> 上有楷书题五言绝一首，用坤卦图书，盖杨妹子奉杨后所题也。

又卷五记马麟《梅花图》云：

> 上有楷书诗句，用坤卦图书，不知是杨后、杨妹子也。

合三条来看，吴氏似乎也没明白妹与姊的字迹分别究竟何在？文献中关于杨氏的说法，至此可算纷纠到了极点了。

三、杨氏的题字和印章

马远画水十二帧，现藏故宫博物院，即王世贞所鉴藏题跋的。

每页题四字，如"云生沧海"等，四字后各有小字一行，作"赐大两府"，这行小字的上端，钤"壬申贵妾杨姓之章"朱文长方小印一，篆文多不合《说文》，才知王世贞致误之由，看他只说"其印章有杨娃语"，而不详记印文，大概他是不能完全认识印文奇字。印中"姓"字"生"旁笔画较繁，近似"圭"字，以致误为"娃"字。按，宋人好称某姓，米芾的题跋及印章中每自称米姓，可以为证。

又曾见宋院画长方小横册八片，合装一册，方浚颐旧藏，《梦园书画录》卷二著录。册中五片有题字，多是先题四字或五字的图名标目，如"绿茵牧马"等，后各书小字一行，都是"上兄永阳郡王"，在这六字的字迹上，罩盖"癸酉贵妾杨姓之章"朱文长方小印。

又故宫藏马麟画梅花直幅，上有杨氏题诗，另有"层叠冰绡"四字标题，诗后有"赐王提举"小字一行，这行上端钤"丙子坤宁翰墨"朱文长方印，这行下端钤"杨姓之章"朱文方印。

其他题画之作还很多，并且有本是别人题字而被人误认为是杨氏题的，俱不一一列举。

即就以上数件的字迹看来，笔法一致，不似出自两手。其中壬申、癸酉、丙子等干支，以南宋宫廷题字习惯看去，乃是记载作书之年，常见南宋诸帝书字，在"御书"一印外，常有干支一印，足为旁证。诸件中究竟哪件是姊书，哪件是妹书，恐怕是没人能够分出的。

四、杨氏的身世

考《宋史》卷二四三《恭圣仁烈杨皇后传》说："少以姿容选入宫，忘其姓氏，或云会稽人……有杨次山者，亦会稽人，后自谓其兄也，遂姓杨氏。"又以《宋史》本传及《朝野遗记》《四朝闻见录》《齐东野语》诸书合看，杨氏本是宫廷乐工张氏的养女，十岁入宫为杂剧孩儿，受到吴太后的宠爱，把她赐给宁宗，历封郡夫人、婕妤、婉仪、贵妃。宁宗的韩后死后，继立为皇后，理宗立，尊为太后。她工于权术，杀韩侂胄，用史弥远，以持朝政。其初自耻家世卑微，引杨次山为兄，周密《齐东野语》卷十说："密遣内珰求同宗，遂得右庠生严陵杨次山，以为侄（按，此'侄'为'兄'之误），既而宣召入见，次山言与泪俱，且指他事为验，或谓皆后所授也。"后初姓某，至是始归姓杨氏焉。次山随即补官，循至节钺郡王云。又《宋史》称次山二子，长名谷，次名石，俱位致通显，而没有人谈到杨后有妹的。那么这"妹子"之称，究从何来？我反复寻绎，明白了她既引杨次山为兄以自重，赐画题字，都称"上兄永阳郡王"，那种尊崇的情况可见，那么所谓"妹子"，就是自其兄杨次山推排行第而言的。是"兄妹"之妹，不是"姊妹"之妹。吴师道的说法并未错。陶宗仪望文生义，以"妹子"为皇后的妹妹，于是沿讹了数百年，其间王士禛以吴师道的不误为误，吴其贞又由妹来推姊，都是"妹子"一称所造成的混乱。

所谓"大两府"，乃指她的长侄杨谷，宋人以中书、枢密为两府，杨谷的官阶，《宋史》只说"至太傅、保宁军节度使、充万寿观使、永宁郡王"。中间必曾经历两府的职衔。杨氏题画，对于兄说"上"，对于侄说"赐"，尊卑的表示，是很清楚的。

壬申是嘉定五年（1212年），癸酉是六年，丙子是九年。这时已在开禧三年（1207年）杀韩侂胄之后，所以杨次山获郡王之封，而杨谷位至两府。《宋史》称杨后卒于绍定五年（1232年），年七十一，那么壬申年题画水时年五十一。

五、前代人对于"永阳郡王"的误认

"上兄永阳郡王"的款字，曾引起许多误解：马麟《蝶戏长春图》，上有"上兄永阳郡王"的字样，已见前引宋濂跋语中，这卷中还有元人张愚题诗云"亲王墨未干"；杨维桢题诗云"留得亲王彩笔题"；至于宋濂所云"旧时曾在官掖，故其间有上兄永阳郡王及杨妹子之字"，也是认"永阳郡王"为赵氏的诸王之一。

清钱大昕《潜研堂文集》卷十八，有《记赵居广画》一则，略云："观宋元人画二十余种汇为一册，着色皆工妙，中有《樱桃黄鹂》横幅，长不盈尺，广半之，题云'上兄永阳郡王'，覆以长印，不著年月。或询以永阳为何人，予偶忆周益公《玉堂杂记》有淳熙三年……永阳郡王居广并加食邑事，因举以对。归检益公集，则有乾道六年……皇兄岳阳军节度使……永阳郡王……制，又有乾道七年……赐皇兄……永阳郡王居广生日敕。宋时封永阳郡王者固非一人，此称上兄，其为居广无疑矣。"又云："宋之宗室能画者，如令穰、伯驹、伯骕辈，世多称之，独居广不著于陶宗仪、夏文彦之录，一艺之传，亦有幸有不幸哉，予故表而出之。"按，画上所题"上兄"，乃是"上给兄"，不是"上的兄"，由此一读之误，竟使居广忽得能画之名，可算是"不虞之誉"，但这错误也是自元人开始的。

《樱桃黄鹂图》，现在上海吴湖帆先生家，印文也是"癸酉贵妾杨姓之章"，潜研只说"覆以长印"，大概也是因为印文的字怪难辨吧？画无款，作者当仍不出马氏父子之外。

杨后能诗，有宫词一卷，毛晋刻在《五家宫词》中，缪荃孙曾见元人抄本一卷，与刻本颇多异同，见《云自在龛随笔》书画类中。黄丕烈士礼居曾校元人钞、毛氏刻重刻一卷。我曾想她的题画之作可能有见于宫词中的，容再校对。

一九六四年

一、南北宗说之起源

今之言山水画者，罔不知有南北二宗之说，惟其源流及意义，传讹已久，夷考其说之兴，盖自晚明莫是龙《画说》"禅家南北二宗，唐时始分，画之南北二宗，亦唐时分"一条始，前此未之闻也。近人滕氏固《关于院体画文人画之史的考察》（本志[1]二卷二期）及《唐宋绘画史》，童氏书业《中国山水画南北分宗说辨伪》（《考古》第四期）言之颇详。然《画说》之文，俱见董其昌著述中，其属莫属董，最当先辨。余氏绍宋《书画书录解题》《画说》条云："是编凡十六条，所论至为精到，然董文敏《画旨》《画眼》俱有其文，但字句略有出入耳。考文敏生于嘉靖三十四年，云卿生卒年月虽无考，而其父如忠则生于正德三年，下距文敏之生为四十七年，是云卿与文敏，当为同时人而略早，又与文敏生同里闬，画法亦甚高妙，当不至剿袭文敏之书。"又云："或云卿《画说》散失，后人取文敏之说，依托为之，亦未可知，两者必居其一也。"又《画旨》《画眼》两条，证明二书皆出后人辑录，其中莫氏《画说》之外，更有宋赵希鹄《洞天清禄集》，明陈继儒《妮古录》等书之文若干条。又云："辑录之人，多就文敏遗墨中采取，文敏偶书旧文，录者未加审别，遽为录入。"则余氏虽于《画说》条存两可之疑。而于《画旨》《画眼》两条，固显示编董书者误收莫氏之文，实信《画说》为莫氏作也。《陈眉公订正秘笈》（即《宝颜堂秘笈》原名）绣水沈氏尚白斋刊于万历三十四年（1606年），续

[1] 编者按：此应为《辅仁大学辅仁学志》。

函中收莫氏《画说》，是年董其昌五十一岁。张丑《清河书画舫》成于万历四十四年（1616年）丙辰，其卷六、卷七、卷十一，共引《画说》四条，又引陈继儒《妮古录》，凡所引董其昌说，皆录自《戏鸿堂帖》，是年董氏六十一岁，则《画眼》等书之成，决在莫、陈著述已成之后，《画说》之非掇自《画眼》，更得确证，分宗之说，当属莫氏明矣。（张丑引《画说》原注作莫"士"龙，石渠旧藏墨迹，亦有作"士"龙者，见《故宫周刊》，颇疑莫氏或曾更名，否则板误与赝迹耳。）

《江村销夏录》卷三，宋郭河阳《溪山秋霁图》卷，董其昌跋云：

予友莫廷韩，嗜书画，亦逼真子久，此卷盖其所藏，以为珍赏甲科，后归潘光禄，流传入余手，每一展之，不胜人琴之叹。万历己亥首夏三日。

莫是龙生年虽无考，据此，则其卒年必在万历二十七年（1599年）己亥以前，是年董其昌仅四十五岁，余氏所谓"与文敏同时而略早"，知非臆测，如《画眼》《画旨》编辑之误，果由于董氏曾书莫氏之文，则不啻赞和其说而重述之也。

滕氏《唐宋绘画史》云："董其昌之说，由莫氏承袭而来的。这是可找出董氏自己的话来证明。他说：云卿一出，而南北顿渐，遂分二宗。"童氏亦举董氏此句，云："这也是南北二宗说，起于莫是龙的旁证。"案《画眼》云：

> 传称西蜀黄筌，画兼众体之妙，名走一时，而江南徐熙后出，作水墨画，神气若涌，别有生意，筌恐其轧己，稍有瑕疵。至于张僧繇画，阎立本以为虚得名，固知古今相倾，不独文人尔尔。吾郡顾仲方、莫云卿二君，皆工山水画，仲方专门名家，盖已有岁年，云卿一出，而南北顿渐，遂分二宗。然云卿题仲方小景，目以神逸，乃仲方向余欽衹云卿画不置，有如其以诗句相标誉者，俯仰间，见二君意气，可薄古人耳。

绎其辞旨，盖谓顾正谊得名在先，如禅宗之神秀，莫是龙一出，如禅宗之慧能，以后起而分神秀半席。并为领袖，相互推崇，了无妒嫉，故曰："意气可薄古人。"董氏论画，好用禅门典故，"南北顿渐，遂分二宗"之句，实词章用典之例耳，于此可见当日禅学流行，遂有以禅家宗派比拟画家宗派之事，故谓为画派南北之说起于晚明之证，则可，执之以为莫氏创说之证，则不可，滕、童二君，谅不河汉斯言。

《清河书画舫》卷六引《秘笈》云：

> 山水画自唐始变，盖有两宗，李思训、王维是也。李之传，为宋王诜、郭熙、张择端、赵伯驹、伯骕，以及于李唐、刘松年、马远、夏圭，皆李派。王之传，为荆浩、关仝、李

成、李公麟、范宽、董源、巨然，以及于燕肃、赵令穰、元四大家，皆王派。李派板细乏士气，王派虚和萧散，此又慧能之禅，非神秀所及也。至郑虔、卢鸿一、张志和、郭忠恕、大小米、马和之、高克恭、倪瓒辈，又如方外不食烟火人，另具一骨相者。

原注仅称《秘笈》，按卷十一引《秘笈》"倪迂画在胜国时可称逸品"一条，其文见《妮古录》及《画眼》，《画眼》误收《妮古录》，前既辨正，则此条当为陈继儒语，所谓《秘笈》者，盖陈眉公《订定秘笈》之简称，《眉公杂著》中，又不见卷六所引一条，疑今传本不足耳。

董氏《画眼》又有"文人画自右丞始"一条所述作家皆与莫氏所举者相同，王维一系中多李成、范宽、李公麟、王诜四家，李思训一系中多刘松年、李唐二家。明人中推文、沈为遥接衣钵。童氏云："董其昌……更添出文人画的名目来……这是因为文人画一个名称，比较广泛，容易安插人的缘故。"按，董氏此条，虽未标南北宗之名，而所列作家系统，与夫褒王派贬李派之意，皆与莫氏一致。所增画家，仅可视为详略之不同，因知所谓文人画，即指南宗，适足考见其规定两派界限，盖以画家身份为标准。以名目论，"文人画"之称，尚属宋元旧有（士大夫画之称，始见于宋郭若虚《图画见闻志》，后人或称文人，或称士夫），不得谓董氏添出，以内容论，与莫氏二宗之说固无以异，莫、陈、董三氏，同时，同里，同好，著书立说，亦持同调，则南北宗说，谓为三人共倡者，亦无不可。

沈颢为沈周后人，称周曰"石祖"，于董其昌行辈略晚，称董为"年伯"（见秦瑞玠《曝画纪余》卷一），当获亲炙者，《画麈分宗》一条，叙述源流，与莫、陈、董三氏之说相同，贬抑北宗，斥及其当代之人，盖华亭三家之后，首和二宗之说者，其诋北宗，视三家之言，尤为刻露，与其谓董氏承袭莫氏之说，毋宁谓沈氏承袭三家之说，后之论二宗者，率不出此四人旧说之范围，而南北宗说至此遂巩固不拔矣。（以下简称四家为"明人"。）

二、唐宋画派之分析及二宗说辨误

明人谓画之南北二宗，唐时始分，王维、李思训，各为鼻祖，历代传授，系统分明，如指诸掌。然自《画说》以前，溯至唐人著述，绝不见南北二宗之说，唐张彦远《历代名画记》虽有《叙师资传授南北时代》一篇，其所论列皆王、李以前之人，宋元人论画间有言及南北山川景物者，悉与宗派之义无关，故谓南北宗说起于晚明，已无疑义。

莫、陈、董三家所举二宗画家系统，大同小异，陈氏举王诜、郭熙为北宗，与董牴牾（董云"李成有郭熙为之佐"，李为南宗，郭亦当属南宗），董氏举明朝文、沈为莫、陈所未及，沈颢直诋戴进一派，又三家略而不言者，盖别有故，陈氏于郑虔以下，另辟一系，皆莫、董所指为南宗文人画者，实则仍为两系。且诸家，各有授受，画风演变，错综复杂，尽纳于二系之中，并成一脉单传，未免牵强附会也。

滕氏《唐宋绘画史》曰："盛唐之际，山水画取得独立地位，是一事实，李思训、王维的作风之不同，亦是一事实，但李思训和王维之间，没有对立的关系。"其言是也。童氏考证唐宋诸家画派消长，而得结论曰：

（一）唐朝人对于王维很轻视（功按，惟其引《历代名画记》王维传"远树过于朴拙，复务细巧，翻更失真"数句，为证据之一，则误，此实张彦远谓众工为王代笔之失也）。（二）北宋人大多以李成、关仝、范宽三人，为山水家的领袖，就中尤尊李成。王维、李思训在那时，还没有做山水家总领袖的资格，而董源、巨然在那时的地位，也还不高。（三）北宋末米芾，开始把董源的地位抬起来。董源是画江南山水的人，王维的山水，在那时也有江南风景之目，后世以王维、董源为南宗一系大师的观念，在那时始稍萌芽。（四）李思训一派的传授说，在宋时已成立，但没有北宗之目。（五）元朝人论山水，有王维、李思训、荆浩、董源四派之目。四派中，董源一派尤被重视，董、巨并尊的观念，也在此时确立，但王维的地位仍很孤单，他仍没有做成一宗师祖的地位。（六）明朝早年人，对于画史，还只有一个直线演变的观念，在那时所谓南北分宗的思想还不曾成立。

　　功按，其所考证，颇称精核，惟第三条后段，以画江南风景者为南宗，盖未悉南北二字之意义，第四条谓李派传授在宋时已成立，似谓明人所标北宗一系为无可议者，其证据尚感未足。仅赵伯驹学李思训父子画法，见汤垕《画鉴》，其弟伯骕，《画继》列之于伯驹之后，称其"亦长山水、花木，着色尤工"。画派与伯驹当不甚远，则赵之于李，虽属私淑，犹可比于传授，至于赵幹、张择端、刘松年、李唐、马远、夏圭，于宋元载籍中，殊未闻其有源出二李之说。（宋高宗尝题李唐画曰："李唐可比唐李思训。"见元夏文彦《图绘宝鉴》，可比者，未必曾学其法也，亦不足为出于二李之证。）赵幹为南唐画院学生，见《图画见闻志》；刘、李、马、夏皆南宋画院待诏，见《图绘宝鉴》；且称夏圭"雪景全学范宽"，范宽固明人指为南宗者。张择端，《图绘宝鉴》云："精于界画，尤嗜舟车、桥市、村落、人物，别成家数。"夫别成家数，未必果守师承，惟"官至翰林画史"，与赵幹诸家同属院人而已。院画重在法度，李思训、赵伯驹虽非院人，而画体精工，或为院人所师法，故明人所谓北宗，即以院画为范围，犹南宗之于文人画耳。

　　以画家身份为别，《图画见闻志》《画继》，已为滥觞，然无宗派之义，分类亦不止二端，所为便于列传，无关画法臧否，明人以院人之画，无论其画风异同，尽名之曰北宗，院人之外，统称之曰文人，无论画风异同，尽名之曰南宗，夫职隶画院者，何至尽属庸工，身为士夫者，未必不习院体，郭熙为御画院艺学，而山水寒林学李成（见《图画见闻志》），王诜为驸马都尉，而画宗金碧之体，遂致陈、董之说，互相牴牾。盖莫氏以前，非但无南北二宗之名，即院人与文人，亦未居于对峙地位。总之，画风演变，关乎时代。同一时代中之画家，纵派别不同者，自后人观之，亦有贯通处，时代相隔者，虽祖之于孙，作风未必相合。明人论画，上下千年，只以二宗概括之，此事理之难通者，正不待考辨源流，而后知其谬误，然其立说，意自有在，原不为尚论古人也。

三、南北二字之意义

二宗之说，既属晚明画家所标榜，姑不论价值何如，其势力绵延，至今未绝，惟南北二字，多未得其真解。院体画何以称北，文人画何以称南，童氏云："南北宗画的分家，究竟拿什么做标准？关于这点，自明迄今，始终没有人能解释得清楚。"又云："画家既分为南北两宗，为什么其人又非南北？"足见其来源之无据易辨，南北之分界难知。莫氏所云"王摩诘始用渲淡，一变钩斫"，陈氏所举"板细""虚和"之别，沈颢所云"王摩诘，裁构淳秀，出韵幽淡""李思训，风骨奇峭，挥扫躁硬"诸语，只可视为两宗作风之记述，其立名本义，一似人所尽知，无劳解释者。后人不假思索，望文生义，流于附会，虽遵用其说者，已多不详其义矣。

考莫氏之说，原以禅家宗派，比喻画家宗派，陈氏更明以神秀比李思训，以慧能比王维，则其取义，与禅宗决不相远，《宋高僧传·弘忍传》曰：

> 初，忍于咸亨初，命二三禅子，各言其志，神秀先出偈，慧能知焉，乃以法服付慧能，受衣，化于韶阳，神秀传法荆门洛下，南北之宗，自兹始矣。

又《神秀传》曰：

> 昔者达摩没而微言绝，五祖丧而大义乖，秀也拂拭以明心，能也俱非而唱道，及乎流化北方，尚修炼之勤，从是分歧，南服兴顿门之说。

禅宗南北之名，起于传法地域，其宗旨，有顿渐之别。明人于画派命名之标准，非以地域，即据宗旨。莫氏曰"人非南北"，陈氏曰"慧能之禅，非神秀所及"。董氏《画眼》曰：

> 李昭道一派，为赵伯驹、伯骕，精工之极，又有士气，后人仿之者，得其工，不能得其雅，若元之丁野夫、钱舜举是已。盖五百年而有仇实父……实父作画时，耳不闻鼓吹阗骈之声，如隔壁钗钏戒顾，其术亦近苦矣。行年五十，方知此一派画，殊不可习，譬之禅定，积劫方成菩萨，非如董、巨、米三

家，可一超直入如来地也。

夫秀、能优劣，与其传法地域无关，可见陈氏之说，亦以宗旨为根据，至董氏之言，义更显明，则画派之比于禅宗。其标准，乃在宗旨，而不在地域，院体一派，重功力，如禅家之积修，士夫一派，重性灵，如禅家之顿悟，比其顿渐之义，借其南北之名，经此曲折，遂生误解，莫氏当时，似已见及，既曰"画之南北二宗，亦唐时分"，复申之曰"但其人非南北耳"，惜其语焉不详，遂令后人之论画家南北宗派，鲜有不如东坡所喻，盲人论日，扣烛叩盘者矣。惟方薰《山静居画论》曰："画分南北两宗，亦本禅宗，南顿北渐之义，顿者根于性，渐者成于行也。"其言最得明人之本旨，惜过简略，阐发未尽致，后之论画者，仍不免多所误解也。

南北二字意义，既因曲折而致晦昧，误解者盖有四类：（一）以为二宗之分，实始于唐时。（二）以作家之产域为标准。（三）以所画山川景物为标准。（四）以笔法刚柔，皴点格式为标准。

（一）此类讹误，最为普遍，有清艺苑，以四王、吴、恽为领袖（王时敏、王鉴、王翚、王原祁、吴历、恽格），后来画风，几全为此诸家所垄断，虽有杰出之士，终患众寡悬殊，而此诸家无论直接间接，悉出董其昌门下，董氏等人，伪托古义，一似自来相传，事实固然者，故其说竟自流播，然亦无足怪也。

（二）人非南北，莫氏原有明文，而宋荦《论书绝句》，王士禛评云：

近世画家，专尚南宗，而置华原、营丘、洪谷、河阳诸大家，是特乐其秀润，惮其雄奇，余未敢以为定论也，不思史中迁、固，文中韩、柳，诗中甫、愈，近日之空同、大复，不皆北宗乎？牧仲中丞论画，最推北宋数大家，真得絜川先河之义。

原注"子美河南巩县人"，是以人之南北为标准也。更以元人为南宗，以北宋之范宽、李成、荆浩、郭熙为北宗，既沿用明人南北宗之称，则决非别有取义，而所举诸家系统，又相背驰，似全据传闻，于《画说》《画眼》，并未详考，王之距莫，不过数十年，已歧误至此，后来之承讹藉舛者，又安足异哉！

沈宗骞《芥舟学画编》卷一，"宗派"一篇，语极模棱。兼有诸误，云：

南方山水，蕴藉而萦纡，人生其间，得气之正者，为温润和雅，其偏者，则轻佻浮薄，北方山水，奇杰而雄厚，人生其间，得气之正者，为刚健爽直，其偏者，则粗厉强横，此自然之理也，于是率其性而发为笔墨，遂亦有南北之殊焉。

又云：

稽之前代，可入神品者，大率产之大江以南。

又云：

> 王之后，则董、巨、二米、倪、黄、山樵，明季董思翁，
> 是南宗的派。李之后，则郭熙、马远、刘松年、赵伯驹、李
> 唐，有明戴文进、周东村，是北宗的派。其不必以南北拘者，
> 则荆、关、李成、范宽，元季吴仲圭，有明文、沈诸公，皆为
> 后世楷模。

观其持论，意在折中，于明人本义，实未得其真解，要之，仍
以画家生产地域为标准也。

（三）以为山川风物，南北不同，二宗画风之别，既不在画家
之产域，必在取材之景象，其误在泥于南北二字，顾名以求其义
也。近代英人布舍尔著《中国美术》戴氏岳译本云：

> 南北画之派别，在唐最著，北派盛行于黄河流域……南派
> 盛行于扬子江流域，其上流山水秀媚，溪谷幽深，故此派画风
> 尤盛……南派创意新颖，动笔恢奇，常不拘于古法，而以实写
> 天然景物为务。王维者，南派中之重要代表也。

又云："继其业者，多为蜀郡成都人。"兼有第二类之误。近人
叶氏瀚《中国美术史》云：

南宗自王维始，而其源则始南朝，以南都踞扬子江流域，山水木石，多平远疏旷也。

所谓始于南朝，盖误于张彦远《叙师资传授南北时代》一篇之说也。童氏以米芾《画史》有世俗"多以江南人所画雪图，命为王维"，董源"溪桥渔浦，洲渚掩映，一片江南也"，顾恺之"坡岸皴，如董源，乃知人称江南，盖自顾以来，皆一样，隋唐及南唐，至巨然，不移"诸语，遂云：

根据米氏这几段话，可知那时人，多以王维的山水为像江南的景致，这是王维被认为南宗始祖的由来。

又云：

据牛戬《画评》说："赵幹画山水，多作江南景。"那怎么可以加上他一个北宗的徽号呢？

前引结论第二条后段，与此误同。所云"自明迄今，始终没有人能解释得清楚"，盖已自示阙疑之义矣。

（四）以明人所称二宗诸家之笔墨面目为标准，虽不得即视为二宗之定义，然明人固当举钩斫渲淡，板细虚和诸例，则此类误解，可谓"知其当然，而不知其所以然者"。龚贤《龚半千授徒画稿》真迹（商务印书馆影印本）云：

> 皴法常用者，止三四家，其余不可用矣。惟披麻、豆瓣、小斧劈，可用，牛毛、解索，亦间用之，大斧劈是北派，万万不可用矣。

又云：

> 稀叶树，用笔须圆，若扁片子，是北派矣。北派纵老纵雄，不入赏鉴。

华翼纶《画说》云：

> 南北宗，蹊径不同，用笔亦大异，作画者罔不知，而下笔时全无的派，其故在钩斫皴染，未明其意，愈失愈远。

华琳《南宗抉秘》云：

> 夫作画而不知用笔，但求形似，岂足论画哉……在北宗，曰笔格遒劲，亦是浑厚有力，非出筋露骨，令人见而刺目，不然大李将军岂得与右丞比肩而以宗称之乎？

以上三人之书，皆论画法之作，原无意于解释宗派界限，顾已可见其所指二宗标准，端在皴染笔法之别也。近人卞氏僧慧《国画管窥》一篇中（载滕固编《中国艺术论丛》），引邓氏以蛰语云：

就山水画言，所谓南北宗，亦由笔法上分派，南宗用中锋，演为披麻皴，北宗用侧锋，演为斧劈皴，北宗祖师大小李将军，其初仍用中锋铁线，勾取山石之轮廓，再以金线提起折角，以成其金碧钩砍之形势，初并未用斧劈皴，使于笔调显一种砍削之势也。观乎宋室，诸如赵伯驹、伯骕之师法二李者，即可知矣。斧劈皴，实开于南宋之李唐、马远、夏圭等，而成于明之浙派，如张路、戴进等。

辨知二宗之说，属于后起，而不遵用者，固无论矣，其沿用二宗之说，据诸家遗迹中，观其笔法异同，而归纳之，以为宗派之分界，当以此节为最详，然倒果为因，已堕明人术中矣。

四、华亭人立说之背景

明人立说，意在扬南抑北，莫氏谓："亦如……临济儿孙之盛，而北宗微矣。"考当日宋人院体画风方盛，戴进、吴伟诸家，备受推崇，有浙派之目，李开先《中麓画品》，每品中几悉以戴、吴冠首，云："文进其原出于马远、夏圭、李唐、董源、范宽、米元章、关仝、赵千里、刘松年、盛子昭、赵子昂、黄子久、高房山，高过元人，不及宋人。"又云："文进画笔，宋之入院高手，或不能及，自元迄今，俱非其比"，"小仙其原出于文进，笔法更逸，重峦叠嶂，非其所长，片石一树，粗且简者，在文进之上"。犹得云一人之私好，屠隆《考槃余事·临画》条云："国朝戴文进临摹宋人名画，得其三昧，种种逼真，效黄子久、王叔明画，较胜二家。"詹景凤《东图玄览编》卷二，夏圭《溪山野棹图》条云："予所见马、夏真迹……近时钱塘戴文进可谓十得其八九，然戴画之高，亦在苍古而雅，不落俗工脚手。吴中乃专尚沈石田，而弃文进不道，则吴人好画之癖，非通方之论，亦其习见然也。"明刻《顾氏画谱》第三册戴文进画沈朝焕对题云："吴中以诗字妆点画品，务以清丽媚人而不臻古妙，至姗笑戴文进诸君为浙气。不知文进于古无所不临摹，而于趋（原文如此，疑有脱字）无所不涵蓄，其手笔高出吴人远甚，题者无以耳食可也。其于神鬼佛像尤多，然非其贵矣。文进名进，别号静庵，又号玉泉山人。子泉亦善画。沈朝焕题。"足见莫氏之说，为故意贬抑，绝非史实，董氏独举吴人文、沈，为遥接南宗衣钵者，其消息可见。

莫氏又举苏轼句云"吾于维也无间然"，然则其于李派当有间然，陈氏曰"慧能之禅，非神秀所及""李派板细乏士气"，抑扬益显，至董氏，直云："若马、夏及李唐、刘松年，又是大李将军之派，非吾曹当学也。"则纯为门户之见矣。

三人之重南轻北，虽无异词。然莫氏谓："画石当用大李将军《秋江待渡》图，画柳当师赵千里。"（见《画说》）董氏《画旨》云："夏圭师李唐，更加简率……若灭若没，寓二米墨戏于笔端。"二米墨妙，董氏平生服膺者，竟肯借之以赞夏圭，又云："若海岸图，必用大李将军，北方盘车骡网，必用李晞古、郭河阳、朱锐。"又云："宋赵千里设色《桃源图》卷，昔在庚寅，见之都下……及观此仇英临本，精工之极……每观唐人山水，皴法皆如铁线，至于画人物衣纹，亦如之，此秘自余逗漏，从无拈出者，休承虽解画，不解参此笔诀也。"又云："赵令穰、伯驹、承旨三家合并，虽妍而不甜；董源、米芾、高克恭三家合并，虽纵而有法。两家法门，如鸟双翼，吾将老焉。"其于北宗之法，非但欲学，且自矜能识笔诀，讵非矛盾，亦可见其于唐宋诸家，原无歧视，所贬者，仅在院体之末流，沈颢所谓"戴文进、吴小仙、张平山辈，日就狐禅，衣钵尘土"，盖莫氏诸人，宁委曲其辞，而不欲明言者。童氏云："他们提出南北宗的公案来，或许就是对付浙派的。"悬度非诬，毋庸疑惑也。

同是贬院体用意尚有轻重，谓仇英一派功力精苦以致短命，"殊不可习"云者，尤为公论，"笔诀""法门"终不可废。刘、李、马、夏为戴、吴所宗，虽妙比二米，亦非"吾曹"所"当"学，则门户之私言也。郭熙学李成，固董氏所视为南宗者，而贬之曰："元时画道最盛，唯董、巨独行，此外皆宗郭熙，其有名者，曹云西、唐子华、姚彦卿、朱泽民辈，出十不能当倪、黄一。"今观戴、吴之画，仿马、夏者外，尚有山作卷云，树如蟹爪一格，盖学郭派者，"十不当一"之说，其指始见。

自沈颢以后，及有清诸家，凡论及南北宗派者，无论见解何如，总归贬斥北派。《画学心印》本龚贤《画诀》云："皴法名色甚多，惟披麻、豆瓣、小斧劈为正经，其余卷云、牛毛、铁线、鬼面、解索皆旁门外道耳。大斧劈是北派，戴文进、吴小仙、蒋三松多用之，吴人皆谓不入赏鉴。"按，此仍是吴人议论，龚氏袭之耳。龚贤谓北派"不入赏鉴"。王概《芥子园画传》卷二画松法云："马远间作破笔，最有丰致，古气蔚然，画此最难，切不可似近日伪吴小仙恶笔漫无法则也。"沈宗骞云："北宗一派，在明代东村、实父以后，已罕有绍其传者，吴伟、张路，且属狐禅，况其下乎！"钱杜《松壶画忆》云："宋人如马、夏辈，皆画中魔道，然丘壑结构，亦自精警。"又云："若吴小仙、张平山辈，剑拔弩张，堕入魔道，学者勿为所误。"华琳云："特蒋三松、张平山辈，变乱古法，以惊俗目，效之者又变本加厉。"明人鸣鼓于前，诸家盲从于后，王概、华琳选辞尚能得体，钱杜直诟马、夏，自附南宗，正恐莫、董有知，犹将匿笑也。

五、结论

晚明华亭三家，创为南北宗说，所以便于褒贬也，贬北宗，贬浙派也，褒南宗，褒董、米及元四家也，《图绘宝鉴》卷六（毛大伦增补）董其昌传云："学画先摹黄子久，再仿董北苑，如闻元之黄、王、倪、吴，二米真迹，以重价购之，元人画贵，乃其作始。"
则王士禛之以元人画为南宗之标准，在理论上，固属不能尽合，在
事实上未尝无此倾向。

　　浙派末流，诚不免于粗犷，华亭诸家，思以董、米元人一系救
其弊，遂使四王以下，画风卑靡，或非莫、董当日意料所及，愚见
以为二宗说兴，画道始弱，固画史上一大关键，其功其罪，自有定
论。夫学古贵有特识，择其善者而从，二宗之说，在今日已失其
时效，考镜画史者，固当究此公案，研讨画法者，则不宜自横门
槛也。

一九三八年冬至

山水画南北宗说辨

我们绘画发展的历史，现在还只是一堆材料。在没得到科学的整理以前，由于史料的真伪混杂和历代批评家观点不同的议论影响，使得若干史实失掉了它的真相。为了我们的绘画史备妥科学性的材料基础，对于若干具体问题的分析和批判，对于伪史料的廓清，我想都是首先不可少的步骤。在各项伪史料中比较流行久、影响大的，山水画"南北宗"的谬说要算是一个。

这个谬说的捏造者是晚明时的董其昌，他硬把自唐以来的山水画很简单地分成"南""北"两个大支派。他不管那些画家创作上的思想、风格、技法和形式是否有那样的关系，便硬把他们说成是在这"南""北"两大支派中各有一脉相承的系统，并且抬出唐代的王维和李思训当这"两派"的"祖师"，最后还下了一个"南宗"好、"北宗"不好的结论。

董其昌这一没有科学根据的谰言，由于他的门徒众多，在当时起了直接传播的作用，后世又受了间接的影响。经过三百多年，"南宗""北宗"已经成了一个"口头禅"。固然，已成习惯的一个名词，未尝不可以作为一个符号来代表一种内容，但是不足以包括内容的符号，还是不正确的啊！这个"南北宗"的谬说，在近三十几年来，虽然有人提出过考订，揭穿它的谬误[1]，但究竟不如它流行的时间长、方面广、进度深，因此，在今天还不时地看见或听到它在创作方面和批评方面起着至少是被借作不恰当的符号作用，更不用说仍然受它蒙蔽而相信其内容的了。所以这件"公案"到现在还是有重新提出批判的必要。

[1] 滕固《唐宋绘画史》《关于院体画和文人画之史的考察》，童书业《山水画南北分宗辨伪》《山水画南北宗说新考》，拙著《山水画南北宗说考》（即本篇的初稿）都曾较详地讨论过，也都有不够的地方。

一、"南北宗"说的谬误

"南北宗"说是什么内容呢？董其昌说：

> 禅家有南北二宗，唐时始分；画之南北宗，亦唐时分也。但其人非南北耳。北宗则李思训父子（思训、昭道）着色山水，流传而为宋之赵幹、（赵）伯驹、（赵）伯骕，以至马（远）、夏（圭）辈；南宗则王摩诘（维）始用渲淡，一变钩斫之法，其传为张璪、荆（浩）、关（仝）、郭忠恕、董（源）、巨（然）、米家父子（芾、友仁），以至元之四大家。亦如六祖（慧能）之后有马驹、云门，临济儿孙之盛，而北宗（神秀一派）微矣。要之摩诘，所谓"云峰石迹，迥出天机，笔意纵横，参乎造化"者。东坡赞吴道子、王维画壁亦云："吾于维也无间然。"知言哉！

这段话也收在题为莫是龙著的《画说》中，但细考起来，实在还是董其昌的作品[1]，所以"南北宗"说的创始人，应该是董其昌。董其昌又说：

> 文人之画自王右丞始，其后董源、巨然、李成、范宽为嫡子。李龙眠、王晋卿、米南宫及虎儿皆从董、巨得来。直至元四大家——黄子久、王叔明、倪元镇、吴仲圭皆其正传。吾朝

[1]《画说》旧题莫是龙撰，又全见董其昌著作中，近人多疑董书误收莫文，近年陆续见到新证据，知道是明人误将董文题为莫作。又本文所引董其昌的话都见《容台集》《画眼》和《画禅室随笔》。

辑三　成竹在胸
见意境

163

文、沈，则又远接衣钵。若马、夏及李唐、刘松年，又是大李将军之派，非吾曹当学也。

陈继儒是董其昌的同乡，是他的清客，他们互相捧场。《清河书画舫》中引他的一段言论说：

山水画自唐始变，盖有两宗……李之传，为宋王诜、郭熙、张择端、赵伯驹、伯骕，以及于李唐、刘松年、马远、夏圭，皆李派；王之传，为荆浩、关仝、李成、李公麟、范宽、董源、巨然，以及于燕肃、赵令穰、元四大家，皆王派。李派板细乏士气，王派虚和萧散，此又慧能之禅，非神秀所及也。至郑虔、卢鸿一、张志和、郭忠恕、大小米、马和之、高克恭、倪瓒辈，又如方外不食烟火人，另具一骨相者。

比董、陈稍晚的沈颢，是沈周的族人，称沈周为"石祖"。和董家也有交谊，称董其昌为"年伯"（见《曝画记余》）。他在这个问题上，完全附和董的说法。他的《画麈》中"分宗"条说：

禅与画俱有南北宗，分亦同时，气运复相敌也。南则王摩诘，裁构淳秀，出韵幽淡，为文人开山。若荆、关、宏、璪、董、巨、二米、子久、叔明、松雪、梅叟、迂翁，以至明兴沈、文，慧灯无尽。北则李思训，风骨奇峭，挥扫躁硬，为行

家建幢。若赵幹、伯驹、伯骕、马远、夏圭，以至戴文进、吴
小仙、张平山辈，日就狐禅，衣钵尘土。

归纳他们的说法，有下面几个要点：一、山水画和禅宗一样，在唐时就分了南北二宗；二、"南宗"用"渲淡"法，以王维为首，"北宗"用着色法，以李思训为首；三、"南宗"和"北宗"各有一系列的徒子徒孙，都是一脉相传的；四、"南宗"是"文人画"，是好的，董其昌以为他们自己应当学，"北宗"是"行家"，是不好的，他们不应当学。

按照他们的说法推求起来，便发现每一点都有矛盾。尤其"宗"或"派"的问题，今天我们研究绘画史，应不应按旧法子去那么分，即使分，应该拿些什么原则作标准？现在只为了揭发董说的荒谬，即使根据唐、宋、元人所称的"派别"旧说——偏重于师徒传授和技法风格方面——来比较分析，便已经使董其昌那么简单的只有"南北"两个派的分法不攻自破了。至于更进一步把唐宋以来的山水画风重新细致地整理分析，那不是本篇范围所能包括的了。现在分别谈谈哪四点矛盾。

第一，我们在明末以前，直溯到唐代的各项史料中，绝对没看见过唐代山水分南北两宗的说法，唐张彦远《历代名画记》中《叙师资传授南北时代》与董其昌所谈山水画上的问题无关。更没见有拿禅家的"南北宗"比附画派的痕迹。

第二，王维和李思训对面提出、各称一派祖师的说法，晚明以

辑三　成竹在胸
见意境

165

前的史料中也从没见过。相反地，在唐宋的批评家笔下，王维画的地位还是并不稳定的。固然有许多推崇王维的议论——王维也确有许多可推崇的优点——同时含有贬义的也很不少。即是那些推崇的议论中，也没把他提高到"祖师"的地位。我们且看那些反面意见：唐朱景玄《唐朝名画录》把王维放在吴道子、张璪、李思训之下。《历代名画记》以为"山水之变"始于吴道子，成于李思训、昭道父子，对于王维只提出"重深"二字的评语。到了宋朝，像郭若虚《图画见闻志》以及《宣和画谱》等，都特别推重李成，以为是"古今第一"，说他比前人成就大，是具有发展进化的观念，不但没把王维当作"祖师"，更没说李成是他的"嫡子"。王维和李思训在宋代被同时提出的时候，往往是和其他的画家一起谈起，并且常是认为不如李成的。

我们承认王维和李思训的画在唐代各有他们的地位，也承认王维画中可能富有诗意，如前人所说的"画中有诗"。但他们都不是什么"祖师"，更不是"对台戏"的主角。

至于作风问题，"渲淡"究竟怎么讲？始终是一个概念迷离的词。从"一变钩斫之法"和"着色山水"对称的线索来看，好像是指用水墨轻淡渲染的方法，与勾勒轮廓填以重色的画法不同。我们承认唐代可能已有这样所谓渲淡的画法，可是王维是否唯一用这一法的人，或创这一法的人，以及用这一法最高明的人，都成问题。张彦远说王维"重深"，米友仁说王维的画"皆如刻画，不足学"更是董其昌自己所引用过的话，都和"渲淡"的概念矛盾。董其昌记载过董羽的《晴峦萧寺图》说"大青绿全法王维"。又《山居图》旧题是李思训作，董其昌把它改题为王维，说："图中松针石脉无宋以后人法，定为摩诘无疑。向相传为大李将军，而拈出为辋川者自余始。"又《出峡图》最初有人题签说是小李将军，后有人以为是王维，陆深见《宣和画谱》著录有李升的《出峡图》，因为李升学李思训，也有"小李将军"的诨号，又定它为李升画（见《佩文斋书画谱》引陆深的题跋）。我们且不问他们审定的根据如何，至少王和李的作风是曾经被人认为有共同点而且是容易混淆的，以致董其昌可以从李思训的名下给王维拨过几件成品。如果两派作风截然不同，前人何以能那样随便牵混，董其昌又何以能顺手拨回呢；旧画冒名改题的很多，我却从来没见过把徐文长画改题仇十洲的！

　　第三，董其昌、陈继儒、沈颢所列传授系统中的人物，互有出入，陈继儒还提出了"另具骨相"的一派，这证明他们的论据并不那么一致，但在排斥"北宗"问题上却是相同的。另一方面，他们所提的"两派"传授系统那样一脉相承也不合实际。前面谈过唐人说张璪画品高于王维，怎能算王维的"嫡子"？再看宋元各项史料，知道关仝、李成、范宽是学荆浩，荆浩是学吴道子和项容的，所谓"采二子之长，成一家之体"分明载在《图画见闻志》，与王维并无关系。董、巨、二米又是一个系统。即一个系统之间也还各有自己的风格和相异点。郭若虚又记董源画风有像王维的，也还有像李思训的。并且《宣和画谱》更特别提到他学李思训的成功，又怎能专算王维的"嫡子"呢？再看他们所列李思训一派，只赵伯驹、伯骕学李氏画法见于《画鉴》，虽属异代"私淑"，风格上还可说是接近，至于赵幹、张择端、刘、李、马、夏，在宋元史料中都没见有源出二李的说法。夏文彦《图绘宝鉴》记宋高宗题李唐的《长夏江寺图》虽有过"李唐可比唐李思训"的话，但"可比"和"师承"在词义上是不能混为一谈的。相反地，《图绘宝鉴》又说夏圭"雪景全学范宽"，说张择端"别成家数"。即以董其昌自己的话来看，他说夏圭画"若灭若没，寓二米墨戏于笔端"。陈继儒也随着说："夏圭师李唐、米元晖拖泥带水皴。"（见《画学心印》）董又说："米家父子宗董、巨法，稍删其繁复，独画云仍用李将军拘笔，如伯驹、伯骕辈。"又说："见晋卿《瀛山图》，笔法似李营丘，而设色似李思训。"至于影印本很多的那幅《寒林重汀图》，董其昌在横额上大书道："魏府收藏董元画天下第一"，我们再看故宫影印的赵幹《江行初雪图》，树石笔法，正和那"天下第一"的董源画极端相近。这些矛盾，董其昌又当怎样解嘲呢？仅仅从这几个例子上来看，他们所列的传授系统，已经可以不攻自破了。

第四，董其昌也曾"学"过或希望"学"他所谓"北宗"的画法，不但没有实践他自己所提出的"不当学"的口号，而且还一再向旁人号召。他说："柳则赵千里，松则马和之，枯树则李成，此千古不易。"又说："石法用大李将军《秋江待渡图》。"又说："赵令穰、伯驹、承旨三家合并，虽妍而不甜；董源、米芾、高克恭三家合并，虽纵而有法。两家法门，如鸟双翼，吾将老焉。"他还说仿过赵伯驹的《春山读书图》。大李将军、赵伯驹，正是他所规定的"北派"吧！既"不当学"，怎么他又想学呢？可见另有缘故，我们应该作进一步的探讨。

二、"南北二宗"的借喻关系

至于董其昌所说的"南北"，他究竟想拿什么作标准呢？我们且看董其昌自己的说法："禅家有南北二宗，唐时始分；画之南北二宗，亦唐时分也。但其人非南北耳。"好像他也知道南北二字易被人误解为画家籍贯问题，因此才加了一句"人非南北"的声明。虽然声明，还没解决问题。

综合明清以来各家对于"南北宗"的涵义和界限的解释，不出两大类。一是从地域来分，一是从技法来分。第一类中常见的是以作者籍贯为据，这显然与"人非南北"相牴牾。或以所画景物的地区为据，这与董其昌等人所提出的原意也不相符，至少没见董其昌等人说到这层关系上。第二类在技法、风格上看"南北宗"，是从董其昌等人所提出的那些"渲淡""钩斫""板细""虚和"等概念来推求的。研究古代绘画的发展和它们的派别，技法、风格原是可用的一部分线索。但是这些误信"南北宗"谬说而拿技法、风格来解释它的，却是在"两大支派"的前提下着手，替这个前提"圆谎"，于是矛盾百出。最明显的马远、夏圭和赵伯驹、伯骕的作品，摆在面前，他们的技法风格无论怎样说也不可能归成一个"宗派"——"北宗"的。我们把误解和猜测的说法抛开，再看董其昌标出"南北"二字的原意是什么？他分明是以禅家作比喻的，那么禅家的"南北宗"又是怎样一回事呢？

禅宗的故事是这样的：菩提达摩来到中国，传到第五代，便是弘忍。弘忍有两个徒弟，一个是神秀，一个是慧能。他们两人在"修道"的方法上主张不同。慧能主张"顿悟"，也就是重"天才"；神秀主张"渐修"，也就是重"功力"。神秀传教在北方，后人管他那"渐修"一派叫作"北宗"；慧能传教在南方，后人管他那"顿悟"一派叫"南宗"。

我们不是谈禅宗的"教义"怎样，也不是论他们"顿"和"渐"谁是谁非，只是说"南顿""北渐"这个禅宗典故是流行已久的，那么董其昌借来比喻他所"规定"的画派是非常可能的了。再看他论仇英画的一段话：

李昭道一派，为赵伯驹、伯骕，精工之极，又有士气，后人仿之者，得其工不能得其雅。若元之丁野夫、钱舜举是已。盖五百年而有仇实父……实父作画时，耳不闻鼓吹阗骈之声，如隔壁钗钏戒顾，其术亦近苦矣。行年五十，方知此一派画，殊不可习，譬之禅定，积劫方成菩萨，非如董、巨、二米三家，可一超直入如来地也。

他认为李、赵"一派"用功极"苦"，拿"禅定"来比，是需要"渐修"而成的；董、巨、二米，是可以"一超直入"，即是可以"顿悟"的。那么拿禅宗典故比喻画派的原意便非常明白。他或者想到倘若即提出"顿派""渐派"，又恐怕这词汇不现成、不被人所熟习，因此才借用"南北"的名称。但禅宗的"南北"名称是由人的南北而起，拿来比画派又易生误解，所以赶紧加上"人非南北耳"的声明，也更可以证明它本意不是想用禅家两派名称表面的概念，而是想通过这个名称"南北"借用其内在涵义——"顿""渐"。当然学习方法和创作态度是否可能"顿悟"，董所规定的"南宗"里那些人又是否果然都会"顿悟"，全不值我们一辩，这里只是推测董其昌的主观意图罢了。

必须注意的是即使我们承认李、赵是一派，也不能即说他们和董、巨、二米有什么绝对的对立关系。李、赵派需要吃功力，董、巨、二米派也不见得便可以毫不用功，更不见得便像董其昌所说的那么容易模仿，容易立刻彻底理解——"一超直入"。但在董其昌的绘画作品中常见有"仿吾家北苑""仿米家云山"等类的题识，可见他主观上曾希望追求董、巨、二米诸家作品的气氛却是事实。

在清代画家议论中，触及禅家两宗问题的，只有方薰一人说："画分南北两宗，亦本禅宗南顿北渐之义，顿者根于性，渐者成于行也。"算是说着了董其昌的原意，但可惜过于简略，没有详尽的阐明。所以《山静居画论》虽很流行，而在这个问题的解释上，还没发生什么效果。

三、董其昌立说的动机

董其昌为什么要创这样的说法呢？从他的文章中看，他标榜"文人画"而提出王维，他谈到王维的《江山雪霁图》时说：

赵吴兴《雪图》小幅，颇用金粉……余一见定为学王维……今年秋，闻王维有《江山雪霁》一卷，为冯宫庶所收，亟令友人走武林索观……以余有右丞画癖，勉应余请，清斋三日，展阅一过。宛然吴兴小幅笔意也。余用是自喜。且右丞云："宿世谬词客，前身应画师。"余未尝得睹其迹，但以想心取之，果得与真肖合，岂前身曾入右丞之室，而亲览其盘礴之致，故结习不昧乃尔耶？

这样的自我标榜，是何等可笑！再看他一方面想学"大李将

▲ 江山雪霁图　摹本

军之派",一方面又贬斥"大李将军之派",为什么呢?翻开他的年侄沈颢的话看:"李思训,风骨奇峭,挥扫躁硬,为行家建幢。若……马远、夏圭,以至戴文进、吴小仙、张平山辈,日就狐禅,衣钵尘土。"原来马、夏是受了常学他们的戴文进一些人的连累。戴、吴等在技法上是当时相对"玩票"画家——"利家"而称的"行家"。我们知道当时学李、赵一派的仇英也是"行家"。那么缘故便在这里,许多凡被"行家"所学,很吃力而不易模仿的画派,不管他们作风实际是否相同,便在"不可学""不当学"的前提之下,把他们叫作个"北宗"来"并案办理"了。

　　"行家""利家"(或作"戾家""隶家")即是"内行""外行"的意思。在元明人关于艺术论著中常常见到。董其昌虽然不能就算是"玩票"的,但我们拿他的"亲笔画"和戴进一派来比,真不免有些"利家"的嫌疑,何况还有身份问题存在呢!那么他抬出"文人"的招牌来为"利家"解嘲,是很容易理解的。当然,"行家"

们作画也不一定不学董其昌所规定的那一批"南宗"的画家，即那些所谓"南宗"的宋元画家，在技法上又哪一个不"内行"呢？因此并不能单纯地拿"行""利"来解释或代替"南北宗"的观念。这里只说明董其昌、沈颢等人在当时的思想。

从身份上看戴进等人是职业画家，在士大夫和工匠阶层之间，最高只能到皇帝的画院里做个待诏等职。文徵明确是文人出身，相传他做翰林待诏时——还不是画院职务，尚且被些个大官僚讥诮说："我们的衙门里不要画匠。"[1] 那么真正画匠出身的画家们，又该如何被轻视啊！因此有人曾想拿"院体"来解释"北宗"，这自然也是片面的看法，不待细辩的。

[1] 见明何元朗《四友斋丛说》，这里只引述大意。

董其昌等人创说的动机中还有一层地域观念的因素。詹景凤《东图玄览编》说："戴（进）画之高，亦在苍古而雅，不落俗工脚手。吴中乃专尚沈石田，而弃文进不道，则吴人好画之癖，非通方之论，亦其习见然也。"又戴进一派的画上很少看见多的题跋或诗文，这可能是他们学宋代画格的习惯，也可能是他们的文学修养原来不高。明刻《顾氏画谱》有沈朝焕题戴进画："吴中以诗字妆点画品，务以清丽媚人而不臻古妙，至姗笑戴文进诸君为浙气。"这真是"一针见血"之论。因此，龚贤在他的《画诀》上所说"大斧劈是北派，戴文进、吴小仙、蒋三松多用之，吴人皆谓不入赏鉴"也成为有力的旁证。再看董其昌自己的话：

昔人评赵大年画，谓得胸中着千卷书更佳……不行万里路，不读万卷书，看不得杜诗，画道亦尔。马远、夏圭辈不及元季四大家，观王叔明、倪云林《姑苏怀古》诗可知矣。

应该读书是一回事，拿不会作诗压马夏，又是"诗字妆点"的另一证据。由于以上的种种证据，董其昌等人捏造"南北宗"说法的种种动机，便可以完全了然了。

总结来说，"南北宗"说是董其昌伪造的，是非科学的，动机是自私的。不但"南北宗"说法不能成立，即是"文人画"这个名词，也不能成立的。"行家"问题，可以算是促成董其昌创造伪说动机的一种原因，但这绝对不能拿它来套下"南北宗"两个伪系统。不能把所有被称为"南宗"的画家都当作"利家"。我们必须把这臆造的"两个纵队"打碎，而具体地从作家和作品来重新作分析和整理的功夫。我们不否认王维或李思训在唐代绘画史上各有他们自己的地位，也不否认董其昌所规定的那一些所谓"南宗画家"在绘画史上有很多的贡献。不否认戴进、吴伟一派中有一定的公式化的庸俗一面，也不否认沈周、文徵明等，甚至连董其昌也算上有他们优秀的一面。（我们辨"南北宗"说，不是为站在戴进一边来打倒董其昌。）但是，这与董其昌的标榜完全不能混为一谈，而需要另作新的估价。

"南北宗"说和伴随着的传授系统既然弄清楚是晚明时人伪造的，但三百年来它所发生的影响却是真的。我们研究绘画史，不能承认王维、李思训的传授系统，但应承认董其昌谬说的传播事实。

更要承认的是这个谬说传播以后，一些不重功力，借口"一超直入如来地"的庸俗的形式主义的倾向。

宗法这个东西，本是封建社会的意识形态之一，山水画的"南北宗"说，当然也是这种意识在艺术上的反映。我们从整个的艺术史上看，这一个"南北宗"伪说的问题，所占比重原不太大，但它已经有这些龌龊思想隐在它的背后，而表面上只是平平淡淡的"南北"二字，这是值得我们严重注意的。

一九五四年初稿，一九八〇年重订

附录

董其昌《论画》与《画说》之作者关系

《画说》十六条，刊入《宝颜堂秘笈》续函第二十帙，又明人刻《闲情小品》及《续说郛》卷三十五亦收之。俱题莫是龙撰。

但许多书籍、法帖、书画著录，以及所见许多董其昌的墨迹中，常有与这十六条中文词相同的条目，于是这十六条的作者究竟是谁，就有了问题。我曾校辑各条，逐一比对，以过于繁琐，不便详录。现在撮举大要，写在这里。

甲：把十六条合刊题为莫撰的，有前举三者，零星引举称为莫撰的，有《清河书画舫》等。

乙：书籍、法帖、书画著录及所见董氏墨迹中，收论画之语，属于董氏名义的，有十二种。每种中的条目，此多彼少，有与那十六条重复的，有不重的。彼此牵连，打成一片，那十六条混在其中。

属于董氏名义的有下列十一种：

一、"论画琐言"十一条（《续说郛》卷卅五）

二、"闲窗论画"十一条（《媚幽阁文娱》）

三、"闲窗论画"八条（墨迹，东莞容氏颂斋藏）

四、"闲窗论画"八条（陈邦彦临本）

五、"闲窗论画"三条（《石渠宝笈》三编第十九函第二册）

六、"董文敏论画卷"十五条（《吴越所见书画录》卷五）

七、"董玄宰论画"十九条（郁逢庆《书画题跋记》续纪卷十二）

八、"画旨"七条（贾铉刻《百石堂帖》摹董书墨迹）

九、"明董其昌论画"十一条（《石渠宝笈》三编第十三函第一册）

十、论画语三条（李若昌刻《盼云轩帖》摹董书墨迹）

十一、论画语二条（邵松年《古缘萃录》）

以上十一种共载论画之语不重者卅三条，其中包括《画说》十六条。颂斋藏本（陈邦彦临本略同）后有董氏自跋云"旧有论画一卷，久已失之。适君甫（陈本作'君敷'）录得不全本（陈本作'以录本视余'），更书一通"云云。

我初见明人刻的书中有《画说》，以为可信为莫作。尤其陈继儒和莫、董都有交谊，他刻的《宝颜堂秘笈》中有《画说》，题为莫撰，更觉可信。后来陆续见到以上这些材料，其中董氏一再声明旧稿遗失，所以重写，足见他是在有意更正《宝颜堂秘笈》等书。那么陈继儒究竟为什么如此地张冠李戴呢？情理大约是这样：莫是龙死在万历己亥以前，见董题郭熙《溪山秋霁图》卷。己亥年董其昌四十五岁。大约陈继儒为了纪念亡友，一时又找不着莫氏遗著，便将董氏的十六条旧稿拿来充数。董氏在书画上本来多受莫氏的影响，这十六条的论点可能即是莫氏的唾余。及至刊出，董氏不愿割让，又不便正面声明更正，便用一再给人书写的办法来作消极的更正。这种连几条散碎笔记都不肯割让以成死友之名的品质，正不待"民抄"，已自可哂。有人评论说：车马衣裘可与朋友共者，以其为身外之物也；而诗句拙劣至如"一一鹤声飞上天"，亦惟恐旁人窃去者，以其出于自家心血也。真可算一针见血！可惜的是大力争来的那些条中，最重要的南北宗说一条，却正是凭空编造、毫无根据的一条，岂不是枉费心机了吗？

董其昌，字玄宰，号思白，华亭人，官至礼部尚书，谥文敏，是明末著名的书画家。他在创作和理论上，都曾起过极大的影响。成为三百年来美术史上的一个重要人物。他创作的优劣，理论的利弊，俱不是简单几句话所能说完的，现在不作详论。他的书画作品中，有许多是他自己委托别人代笔的，这对于他平生艺术成就的真相和评价，便发生了问题。本文专就他的"代笔人"方面作一些考索。谨具初稿，就正于读者。资料续有发现，再为订补。

董其昌以显宦负书画重名，功力本来有限，再加酬应繁多，所以不能不乞灵于代笔，图利的又乘机伪造，于是董氏书画，越发混淆莫辨了。有人问：时隔三百年，这事你是怎样知道的？回答是：我们从前代人记述直到董氏自作的书札中得若干条，再来印证他的书画作品，是分明易见的。因为一切技艺的事，造诣生熟，一览可见，在同一类的艺事中，已经真"能"或真"熟"的人，必不可能复有真"生"或真"拙"之作。至于书画，一个作者年龄的老幼，工具的好坏，兴会的高低，甚至遇病臂伤指之类，也都有其规律可寻，绝不能同一时期的作品，笔性竟全然如出两人之手的。在董氏的绘画则不然，今举通行影印本为例：如吴荣光藏《秋兴八景》册（文明书局影印）、《董香光山水册》十页（有安岐、王鸿绪、石渠宝笈、定府行有恒堂诸藏印，中华书局影印）等为一类，虽亦各有所长，但"生拙"之处，明显可见。而"峒关蒲雪"等没骨设色的画，以及烟云渲染极工致的画为一类，都精能熟练，与二册一类之笔，判若两人。若说"由熟返生，大巧若拙"，那么"返"必有其

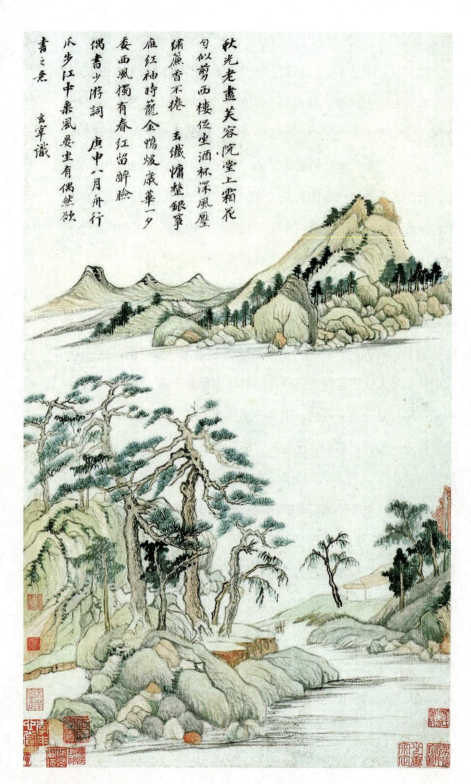

秋光老盡芙容院堂上霜花
匀似剪西樓倦坐酒杯深風壓
繡簾香不捲　玉纖慵整銀箏
雁紅袖時籠金鴨媛歲華一夕
委西風獨有春紅留醉臉
偶書少游詞　庚申八月舟行
瓜步江中乘風晏坐有偶然欲
書之意
玄宰識

▲ 秋興八景圖冊　之一

过程，"若"必带其本色，而董画这两类之间，并未见相通之处。再证以各条文献，其中消息是不难探索的。

我们又常见并世名画家之有代笔的（非经常的，或有其他一时原因的，不详论），不出二类：其一，自有本领，而酬应过多，一人的力量不足供求索的众多；其二，原无实诣，或为名，或为利，雇佣别人为幕后枪替。董氏的找人代笔，这两类原因中，是各有一部分的。

兹先举旁人所记的间接证据。

姜绍书《韵石斋笔谈》卷下"书家余派"条：

> 元宰门下士则有吴楚侯。楚侯名翘，后改名易，以能书荐授中翰。为诸生时，思翁颇拂试之，书称入室弟子。崇祯癸酉，余游燕都，适思翁应官詹之召，年八十余矣。政务闲简，端居多暇。余时过从，而楚侯恒在坐隅。长安士绅祈请公翰墨无虚日，不异素师铁门限。公倦于酬应，则倩楚侯代之，仍面授求者，各满其志以去。楚侯之寓，堆积绫素，更多于宗伯架上焉。虽李怀琳之拟右军，不是过也。惟知交之笃，及赏鉴家，公乃自为染翰耳。

姜绍书《无声诗史》卷四：

> 赵左，字文度，云间人。画法董北苑、黄子久、倪云林，超然元远。与董思白为翰墨交，流传董迹，颇有出文度手者。

两君颉颃艺苑，政犹鲁卫，若董画而出于文度，纵非床头捉刀人，亦所谓买王得羊也。

朱彝尊《论画绝句》：

隐君赵左僧珂雪，每替香光应接忙。泾渭淄渑终有别，漫因题字概收藏。

自注云：

董文敏疲于应酬，每倩赵文度及雪公代笔，亲为书款。（《曝书亭集》卷十六《论画绝句十二首》）

顾复《平生壮观》"图绘类"卷十：

先君与思翁交游二十年，未尝见其作画。案头绢纸竹箧堆积，则呼赵行之泂、叶君山有年代笔，翁则题诗写款用图章，以与求者而已。吾故不翁求，而翁亦不吾与也。闻翁中岁，四方求者颇多，则令赵文度佐代作，文度没而君山、行之继之，真赝混行矣。

顾大申《董尚书画卷歌赠朱子雪田》：

尚书（原注：董文敏其昌）雅得钟王真，画通书理空前人。下笔森瘦秀彻骨，吴振赵左（原注：振字竹屿，左字文度，皆同时工画者）皆逡巡。左之淡逸得天趣，振也潇洒工枯树。董公墨妙天下传，润饰特资两君助。（李响泉先生浚之《清代画家诗史》甲卷下引）

程庭鹭《箬庵画麈》卷上：

曾见陈眉公手札与"子居老兄"，"送去白纸一幅，润笔银三星，烦画山水大堂，明日即要，不必落款，要董思老出名也"。今赝董充塞宇内，若沈子居、赵文度作，已为上驷矣。文度虽为香光捉刀，然其生秀处，能自成一家。

赵左、沈士充的画，流传较多，面目易见，董款画得精能的，大率是二君之笔。珂雪法名常莹，传画不多，有影印本的，如风雨楼印《绘林集妙》册中一页，水墨湿润，董款画中稍较疏拙的即似他的风格。吴振画曾见挂幅册页二件，近于赵、沈画派。

张敬园先生（玮）藏赵左纸本浅绛山水卷题云：

溪山无尽图，戊午秋九月，偶寓浦东寒花馆中，雨窗漫作，辄似利家山水也。赵左。

这卷笔墨，正是程庭鹭所谓"生秀"，以其略近董氏亲笔一路，所以用"颇似利家山水"来自作解嘲，这在赵氏，实为故意弄笔的作品，譬如鲁智深装新妇，仍露英雄本色的"利家"又作"戾家"，即"外行"之义（余别有考）。

梁绍壬《两般秋雨庵随笔》卷一"代笔"条：

古书名家，皆有代笔……董华亭代笔，门下士吴楚侯。

邓文如先生（之诚）《骨董琐记》卷四"董思白代笔吴易"条：

董思白门客吴楚侯，名翘，改名易，以能书荐授中书。思白官京师，率令楚侯代笔。

以上梁、邓二条，俱未著出处，实皆出于《韵石斋笔谈》。吴易画，"故宫周刊"第三五四期曾印一幅，题曰"涧户松涛"，字体既似董字的板重一路，画也似董画亲笔生拙的面目，吴易可能并不止书法代笔，董画"不搭调"一派的作品里，恐怕正有吴氏的笔迹在。

赵、沈之画，深造自得，实自成家，董氏请他们代笔，不过是在赵、沈画上自署董其昌名款罢了。至于吴易这样作风，捧心效颦，描摹董画的"稚态"，如果是为董代笔，还可以说是要必求似真，而自己出名书款的画，仍作这样面目，岂不可怜？但试看"侧帽""洛咏"，一时尚且成为风气，董氏达官画家，虽然病态也必有仿效的，那么吴易这样作风，也就无足怪了。

唐志契《绘事微言》"画要明理"条：

> 凡文人学画山水，易入松江派头，到底不能入画家三昧，盖画非易事，非童而习之，其转折处，必不能周匝。大抵以明理为主，若理不明，纵使墨色烟润，笔法遒劲，终不能令后世可法。[1]

这话很明显正是对董其昌而发的，"墨色烟润"而"画理不明"，既非"童而习之"的行家，自不能"转折周匝"，以今天的俗语来说，就是"客串"而已。

董其昌《画禅室随笔》卷二"画诀"类一条：

> 潘子辈学余画，视余更工，然皴法三昧，不可与语也。画有六法，其气韵必在生知，转工转远。

什么是皴法三昧，怎样便有气韵，是否必须不工而后才有气韵？俱不是片语所能尽的。惟这"潘子辈"的"工"与"不工"实是与董氏比较而言。潘子不知何名，画是什么样也不得而知。如果是作赵、沈一派的"工"，那么董氏的话便是自掩其拙之词；如果是作吴易一派以似董亲笔为"工"，那么邯郸之步，理应为董氏所

[1] 唐志契生存年代不详，余氏《书画书录解题》卷十二"著者时代及著书年份表"于唐志契下云："四库列项穆、赵宦光前，约嘉隆时人。"功按，《绘事微言》中"名人书画语录"条首引董其昌语，则至早是董氏同时的人。

笑。我们常见许多专仿某家的，往往只得一些皮毛习气，甚且变本加厉，使他们的师傅看见，反觉惭愧。所以"转工转远"之评，也可能是由于这类缘故。唐孙过庭《书谱》说："或藉甚不渝，人亡业显；或凭附增价，身谢道衰。"赵、沈虽以佣画为董氏代笔，而他们的艺术实自有成就，所以至今其画其名，流播不替；而吴易辈的画，几乎不传，也是可以理解的。

倪灿《倪氏杂记笔法》：

[1]《倪氏杂记笔法》，原书末题作者姓名，倪涛《六艺之一录》卷三所引"倪苏门书法论"各条出于此书，知其为倪灿撰。灿字闇公，号雁园，康熙时人。据他书中所记，早岁曾见过董其昌。

> 余见董先生刊帖，戏鸿堂、宝鼎斋、来仲楼、书种堂正续二刻、鹣鹩馆、红绶轩、海沤堂、青来馆、蒹葭室（堂）、众香堂、大来堂、研庐帖十余种，其中惟戏鸿堂、宝鼎斋为最。先生平生学力皆在此二种内，其余诸帖妍媸各半，而最劣者则青来、众香也。此二帖笔意酷似杨彦冲，疑其伪作也。[1]

董其昌《容台别集》卷三：

> 杨彦冲者，余友杨彦履官谕之弟，庶常元章之叔。善诗画，尤好余书。常从余为玄真钓舫之游，所得余行楷甚真，又时有摹本，且十卷矣。余既入长安，而彦冲尽以入石，念余书多赝本，又懒役手腕，以此为马文渊铜马之式，命之曰铜龙馆帖云。

铜龙馆帖确属杨彦冲所刻，为倪氏所未谈及的。

现在再举董其昌自己笔下的直接证据。

曾见蒯若木先生（寿枢）旧藏董札一册，共四札，第二、第三两札云：

唐茂宰炫才无忌，不肖往年闻之，已知有不终之理，今果然矣。老侄爝然自远，不及于议，尤见清谨，大用之基也。不肖将往长安，又闻辽警，恐道路为梗，尚在维谷。友人杨彦冲精于书画，尝为不肖代劳，今不肖且有远出，此君素善新安诸君子，是以游新安，若至休邑，幸老侄吹嘘于所知，彼以力自食，亦人所欲求，无奢望，不妄干也。幸老侄勿置无事甲中。不一。三月十三日，叔名正具。左冲。（此札首行存骑缝半印，文曰"其昌"。）

闻曹中丞且至，老父母必于月末集于金阊，冀得一奉光霁也。春间贵同年杨方壶曾以其族叔杨彦冲书画友奉荐，盖山人之谨慎有艺能者，向有远游，未曾伏谒，兹特造候，幸命阍者，并有培植。至于方医，虽索不佞八行，然其人虚诞，非杨生之流，不佞不敢不直告也。不一。名正肃。左冲。

这札后有翁方纲跋云：

此札内所云杨彦冲者，尝为董文敏代笔，盖当日书画，倩友代作者，非一二所能尽也。昔王右军尝亦倩人代书，其人姓任名静，今人罕有知之者矣。若此杨君者，非文敏自言，其谁知之。方纲。

按，《无声诗史》卷七：

杨继鹏，字彦冲，松江人。画学师资于董思翁，颇能得其心印。思翁晚年酬应之笔，出于彦冲者居多。(《无声诗史》卷七："方洛如，失其名，松江人。体质清癯，丰骨傲岸。精岐黄之术。写山水，林壑葱秀，气韵蔼然。"董札所云方医，殆即其人。)

董将远出，荐代笔者于他人，足见这位杨君平日生计仰给于董，他所代之作，定非少数。又翁氏说"其谁知之"，不知姜绍书、倪灿早已说过了。又见黄宾虹先生旧藏董札一册，一札云：

暑中以褫襫为嫌，不能相过从为念。久不作画，时以沈子居笔应求者，倘得子居画，不佞昌可题款，否则使者行期有误，奈何奈何！全幅奉纳，以省往来之烦。弟名正具。左冲。

撕开假面具，可并"润笔银三星"亦省，足见董的老辣手段，官僚与江湖的作风，兼而有之。至于这人求画必用"全幅"纸绢，所求又为达官，这是怎样的一个人，不问可知。这样人受到这样对待，也算是咎由自取的。

日本中村不折藏董札十通，与董书古诗卷合印一册，标题曰《董其昌书诗卷尺牍》（孔固亭真迹法书刊行会印），其中一札云：

米卷即携来看，汪丈索画大幅，足下过我一谈何如？寿甫丈，其昌顿首。

汪丈索画，而须寿甫来谈，实在也是找他代笔罢了。我曾疑"寿甫"是叶有年的字，确否尚待续考。

裴景福《壮陶阁书画录》卷十二，"明董香光寒林小帧"董自题云：

受之太史示余李营丘《寒林落日图》，精妙绝伦，因篝灯仿之，但不耐设色，留置案头，适文度过访，遂足成之。逊之玺卿于余画有昌独之嗜，并旧摹九册寄呈，尚有《泛泖图》，当续请教也。玄宰。

裴景福记云："绢本，寒林浓翠欲滴，以胭脂烘落日，真奇丽之观。"功按，这虽是代笔与亲笔的混合物，但足证绚丽设色的画多出捉刀人。

樊增祥《樊山集》卷十四题《赵文度为吴澈如画南岳山房图》七古一首，自注云："王伯谷、董文敏题。"自注又录董跋云：

> 文度作此图，三年始成，未书名款，亦如北宋诸名手，自负甚高，待人暗中摸索耳。庚午为拈出。

这件画大概也是"不必落款，要董思老出名"之物，王伯谷题之在先，乃设"权辞"自解的。还记得先师贾羲民先生（尔鲁）曾谈，董常购买沈士充的画而把它撕毁。当时没有请问出处，并且以为这仅是因为妒能。现在明白，可能是恨沈士充自署了名款。

缪日藻《寓意录》卷四，《董元宰杜陵诗意图》董氏自题四段，其第三段云：

> 正字赵使君数征余画，久已阁笔，而伪本甚多，不敢以应。青溪雷山人大纶为公门下士，收得此图，俾题以赠。

书画的伪作与代笔不同，伪作是他人伪造某人之作，某人完全不知，也没有责任可负；代笔是请别人代作，而自己承名，责任应由承名的人自负。这条所谓"伪本甚多，不敢以应"，是说市肆流传伪本多，不敢收购来赠朋友吗？那么自己慎重鉴选，有何不可？如果并指代笔之作为伪本，那便是将自己应负责任的一并推卸。没想到实际已经自曝平日的欺人，"遁辞知其所穷"，此之谓也。

又钱谦益《列朝诗集》丁集下，董其昌小传，曾记他绘画代笔的事。世行各画家传记的书，很多都引了这一条，我从前读它，不甚明白，现在才有所理解。小传云：

> 玄宰天资高秀，书画妙天下。和易近人，不为崖岸。庸夫
> 俗子，皆得至其前。临池染翰，挥洒移日。最矜慎其画，贵人
> 巨公，郑重请乞者，多倩他人应之。或点染已就，僮奴以赝笔
> 相易，亦欣然为题署，都不计也。家多姬侍，各具绢素索画，
> 稍有倦色，则谣诼继之。购其真迹者，得之闺房者为多。

　　钱谦益是董氏的朋友，即上文所见的"受之太史"。他的话自然不是无据的。

　　按，贵人巨公所需要的画，必须是堂皇富丽之作，这是自古而然的。宋代党太尉命人画自己的像，画成一看，大怒，说："我前画大虫，犹用金箔贴眼，我便消不得一对金眼睛？"（见宋江休复《邻几杂志》）董氏画笔技能有限，为贵人巨公作画而请人代笔，是自有缘故的。当他的代笔面目既已行世了，而亲笔生拙之作，无论是为藏拙，还是为自珍，都不便于再公开拿出来了。而当深居技痒，或要"骄其妻妾"的时候，偶然亲自动手，却又没想到这里便是一个漏洞，终于流传出去，给人作了比较"工拙"的资料。

　　至于"欣然"在那些"赝笔"上"题署"，也必有一定的缘故。推测起来，可能有以下几种：一、市恩于"僮奴"；二、僮奴中有能为他代笔的，把他令僮奴代笔，说成了僮奴主动作伪；三、董氏被迫为人当面作画，但又不愿把真面目传出去，所以用代笔作品换掉亲笔作品，而使僮奴替罪挨骂。诸如此类，是不难从情理上想到的。

还有为"庸夫俗子"当面"挥洒"的事，按钱氏所记，很有分寸。我们看，董氏慷慨为人当面挥洒的，是书法方面。对于绘画，则是采取秘密行动的。这种分别，读起来不可忽略。当面写字的事，也有文献可征，同时也是个笑柄：

叶廷琯《鸥陂渔话》卷一"董思翁论书示子帖"条，记二事，其一引自康熙时肃张渟《淞南识小录》云：

> 新安一贾人欲得文敏书而惧其赝也，谋诸文敏之客，客令具厚币，介入谒，备宾主之礼。命童磨墨，墨浓，文敏乃起，挥毫授贾，贾大喜拜谢。持归悬堂中，过客见之，无不叹绝。明年，贾复至松江，偶过府署前，见肩舆而入者，人曰董宗伯也。贾望其容，绝不类去年为己书者。俟其出，审视之，相异真远甚，不禁大声呼屈。文敏停舆问故，贾涕泣述始末。文敏笑曰：君为人所绐矣！怜君之诚，今可同往为汝书，贾大喜再拜，始得真笔。归以夸人，而识者往往谓前者较工也。

叶氏云："此又可见名家随意酬应之笔，常有反出赝本下者，可遽定真伪于工拙间乎？"

其二引自方兰坻《书论》云：

> 思翁常为座师某公作书，历年积聚甚多。一日试请董甲乙之，乃择其结构绵密者，曰：此平生得意作，近日所作，不能

有此腕力矣。某公不禁抚掌曰：此门下所摹者也。乃相视太息。

叶氏说："此事正可与前事相印证，思翁自赏且如此，人安能以鉴别无讹自信乎！"

我从前颇疑这是传奇家言，未免增饰。后见张敔园先生藏董氏杂书一卷，有董自跋云：

> 此卷宫谕为史官时北上置余舟中，适余携至荆溪，书以赠别。宫谕不以覆酱瓿，而藏之书箧，今长公子固属余重题，以别于吾里之赝鼎，赝鼎多有胜余漫笔者，当重余愧耳。崇祯七年中秋，董其昌识。

伪作有胜于真迹的，叶氏按语已论及了。如以董氏的逻辑来讲，"赝鼎"包括"代笔"之作，则代笔胜于亲笔，在董氏原属常事，觉得叶氏所论还未免漏此一义。

《容台别集》卷二：

> 余书画浪得时名，润故人之枯肠者不少。又吴子赝笔，借余姓名，行于四方，余所至士夫辄以所收视余，余心知其伪而不辩，此以待后世子云。

这"吴子"不知是吴易、是吴振，还是其他吴姓的？从所知两个吴姓的来看，吴振没听说善书，这里书画并言，很像是指吴易。用之"代笔"，而诿称"赝笔"，这是董氏的狡狯。但又有可能，是不是吴氏由受命代笔进而自动伪造呢？至于"心知其伪而不辩"，就不免是为自家失于鉴别解嘲，这大概是为掩饰对他的座师"相视太息"的事情吧！

还有既非作伪，又非代笔，而董氏竟自坐享其名的。宝蕴楼（前古物陈列所）藏一明人缩摹宋元名画大册，摹了自李成、范宽至倪瓒二十余幅，其中各图，我曾见过宋元原画的，像范宽《溪山行旅图》，巨然《雪图》，王蒙《林泉清集图》等。看到所摹的不但结构吻合，笔势也能在方寸之中表现原作磅礴淋漓之趣，而色泽墨彩更是相似的。册前有董其昌题"小中见大"四大字，每幅副页上又有董题，即宋元原画上董题之文，或楷或行，与原画上所题的也都一致。宝蕴楼影印行世，题为《董玄宰仿宋元名家山水册》，上下二册，共二十二图（以下简称"缩本大册"）。观者无不惊叹摹绘的逼真，而又疑董氏未必有这等妙技，也未必有这等的闲暇。

后见王保譿辑王原祁题画之作叫作《王司农题画录》的，其卷上"仿设色大痴巨幅李匡吉求赠"条说：

余先奉常赠公汇宋元诸家，定其体裁，摹其骨髓，缩成二十余幅，名曰缩本，行间墨里，精神三昧出焉，此大父一生得力处也。华亭宗伯题册首云"小中见大"，又每幅重题赏鉴跋语，以见渊源授受之意。先奉常于丁巳夏初，忽以授余，其属望也深矣。余是年三十五，拜藏之后，将四十年。

才知道这个缩本大册乃王时敏所摹的。但新问题又出来了：我们看王时敏的著名真迹，像毕泷旧藏仿宋元六家山水九页一册，乃缩摹黄公望、王蒙、米友仁、吴镇、赵孟頫、倪瓒之作，副页并有王氏自记宋元原画之源流。其册后归张葱玉先生（珩）韫辉斋，经涵芬楼影印行世，题为：《王烟客山水册》。其中所摹赵孟頫《洞庭山图》《水村图》、倪瓒《幽涧寒松图》等，我都曾见赵、倪原画，王临的技巧和缩本大册比较，大有此生彼熟、此拙彼工之别。并且世传王时敏的作品，题款字迹确真无疑的，而画法笔性及技巧，工拙却往往各有不同，可见也多是请人代笔而自己题款的。因此可知缩本大册之是否果出王时敏手，也很可疑的。

后来见到王鉴仿宋元山水十二页一册，亦毕泷旧藏（今在上海博物馆），其中有八张画稿见于缩本大册里。后有王鉴自跋云：

董文敏尝谓书画收藏家与赏鉴家不同……前辈风流，零落欲尽，惟吾娄太原烟客先生，鲁灵光巍然独存，其清秘阁中，尚存墨宝，然不遇知者，亦不轻示。曾将所藏宋元大家真迹属华亭故友陈明卿缩成一册，出入携带，以当卧游。余今岁偶来南翔，缔交文庶社长……余因复临陈本赠之，枕中之秘，不敢独擅……壬寅嘉平月望三日。[1]

[1] 王鉴此册中有四页画稿不见缩本大册中，知今存之缩本大册曾有散佚之页。

看这段跋才恍然知道缩本大册的真实作者是华亭陈明卿。

又王时敏"题陈明卿廉雪卷"云：

初以赵文度为宗，既从余家纵观宋元真迹，多有悟入，所诣益深。为余摹诸名图，以寻丈巨轴，缩为方册，能使笔墨酷肖，毫发不遗，真画史之绝技。

又"题陈明卿仿黄子久卷"云：

明卿为赵文度高足弟子，初至娄时，尚守其师法，既为余临宋元诸名迹，缩为小本，因此大有悟入，画格遂为一变。（此二条俱见《王奉常书画题跋》卷上）

陈画流传不多，大概多致力于摹古了。我常慨叹明卿摹古直逼宋元，缩摹妙技，又那样精妙，而名姓却翳然不彰，因念古代良工埋没无闻的，正不知多少！宝蕴楼把缩本大册题为董作，是出于未考；王原祁的题画语，则是有意为他祖父攘人之善，而他祖父自己却并未自讳的。

又二十多年前我在琉璃厂画店见一大幅绢本设色山水，笔法颇像沈士充，山的主峰在画上右方，左上角天空处题："花苑春云，叶有年。"下押二印。此题之右有董其昌题："故人家在桃花岸，直到门前溪水流。玄宰。"下押二印。这幅画实是叶画董题的。当时店中标为董画叶题，以求高价，《艺林月刊》第八十七期载之，题曰"明董其昌山水"，又注云"绢本立幅，右（原误，应作'左'）端有叶有年题'花苑春云'四字"。这是董其昌坐享意外之名的又一个例子。

平心而论，董其昌在书画一道中，自有他的特识。以功力言，书深，画浅。所以他平生的作品中，书之非亲笔的，别人伪造为多，董氏的责任较轻；画之非亲笔的，代笔为多，董氏的责任较重。至于后世射利伪作，又不在此论之列了。

一九六二年

画中龙

明季书画家，也算鉴赏家董其昌，官职高，名气大，常常经手古书画，随手题跋，但并不太负责详考。由于他的文笔出色，书法确有功夫，所以经他题识过的古书画，大家也都相信，不敢有什么异议。他去世不久到了清朝，宫里有个太监，曾见过董氏执笔写字。后来他见到康熙皇帝，自然会向皇帝述说董氏的书法，所以康熙的书法全学董法，因而康熙一朝的书风也都被董派所笼罩。从这以后，董氏的鉴定结论又会有谁能说或有谁敢说不字呢？《容台集》稍后虽被列为禁书，但他的论书画部分却仍然畅行。

董其昌姓董，又好画名。"董北苑"这位南唐画家，就成了董其昌的金字招牌。经他题过的宋代画，也就成为清代人对这画的定论。

经董其昌鉴定题识的董北苑画，我曾见到的（包括影印本）计：

▲ 夏景山口待渡图

一、《潇湘图》（现藏北京故宫博物院），今常见原本。

二、《龙宿郊民图》（现藏台北），五十余（年）前曾在北平见到原本。

三、《寒林重汀图》（在日本），屡见影印本。

此外有：（一）《溪山行旅图》半幅（俗称《半幅图》，今在日本，所见影印本模糊不清，不知有无董题），（二）《夏景山口待渡图》长卷、卷尾有柯九思跋（今藏辽宁省博物馆，曾见原本）。

以上有我见过原迹的，有我见过影印本的，大抵都相当古旧，至少都够宋代的画。还有两件被题为董北苑画的：

一、《洞天山堂图》（大幅山水，王铎识为董画，有旧题"洞天山堂"四字，似金代人书法。今藏台北。）

二、山水短卷，有郑孝胥题"北苑真笔"，傅熹年先生鉴定其中房屋结构是金代北方的布置。画藏美国波士顿博物馆。

以上各件是今日可见题为董北苑的作品。

以上各件中经董其昌屡次称道过的应属《潇湘图》《龙宿郊民图》。至于《寒林重汀图》裱轴上边绫上有董其昌横题"魏府收藏董元画天下第一",但他的文章中却未见具体地评论过。

以上各件中,只有《潇湘图》和《夏景山口待渡图》画风相类,甚或有人怀疑《潇湘图》原是《夏景图》中被割下的一部分。其余各件画风全不相同。也未见有董元自署名款的。大概董其昌也感觉到这个问题,所以他在自己论画的文章中说董北苑画风极多变化可以称是"画中龙"。

启功按:"龙宿郊民"语义不明,宋人习称都城居民生活幸福,号为"龙袖骄民",如同说"皇帝袖中的骄贵居民",那么画中景物应是一个建都的地方。这样说是南唐的画本,当可说得通。但与《潇湘》《夏景山口》画法又不一样。至于《寒林重汀》画法与以上所举的各图全不相同,而与赵幹《江行初雪图》非常相似。记得五十年前在故宫院长马衡先生家看画,在座有张大千先生,张先生向我说起《寒林重汀》,以为应是赵幹的笔迹。这个论断十分有力,《江行卷》今有精印本,互相印证,自是有目共睹的。统观今传所谓"董北苑画"果然各不相同(《潇湘》可能是《夏景山口卷》的局部,只宜作同卷看待),董其昌的"巧言"确足见他的聪明处。

综观以上所举相传为董北苑的画,除《半幅图》《寒林图》我未曾得见原本外，其余都未见题有画者名款的。《寒林图》风格绝似赵幹，那么画上如有画者名款，也必是妄添的，如无款，则是董其昌的臆测了。

三

现在美国大都会博物馆所收的《溪岸图》，我闻名久矣。前年访美，此图尚在藏者手中，秘不示人。后经鉴赏家以重值收购，捐赠大都会博物馆。一日方闻教授伉俪偕专家何慕文先生莅临北京，以照片相示，其中一页是画上作者名款"后苑副使董元……"赫然入目，我谛视之际，喟然而叹说："我要说句公道话了，这半行字，绝不是宋以后的人所能写出的！"方先生说："他写颜体！"这时以前已有种种传说，什么"画是张大千造的，款是后添的"等揣测。张先生伪造的这句话过于可笑，不待讨论。添款之说，较觉有力的是日本有一位著名的装潢名手，他向黄君实先生说，他曾修理过这幅画，觉得是添款，他的话自较有力。但细思古书画的补笔添字各有特殊情况，如揭开背纸，看它正面的笔墨是否渗透，或添笔墨色是否沉入还是浮起，各有规律可寻。像这种古旧绢上，添笔不可能透入，如果有浮光，又浮到什么情况，都不是一言可尽。我曾目验日本谷铁臣旧藏的《智永千文墨迹》，后在小川为次郎（简斋）家，今为小川正（广巳）先生嗣守。内藤虎次郎跋说是唐摹，又说钩摹又兼临写。我反复把玩，毫无钩填的迹象，每当一段起首蘸墨较饱的下笔处，墨光还有闪烁的光泽。所以十分可信它即是智

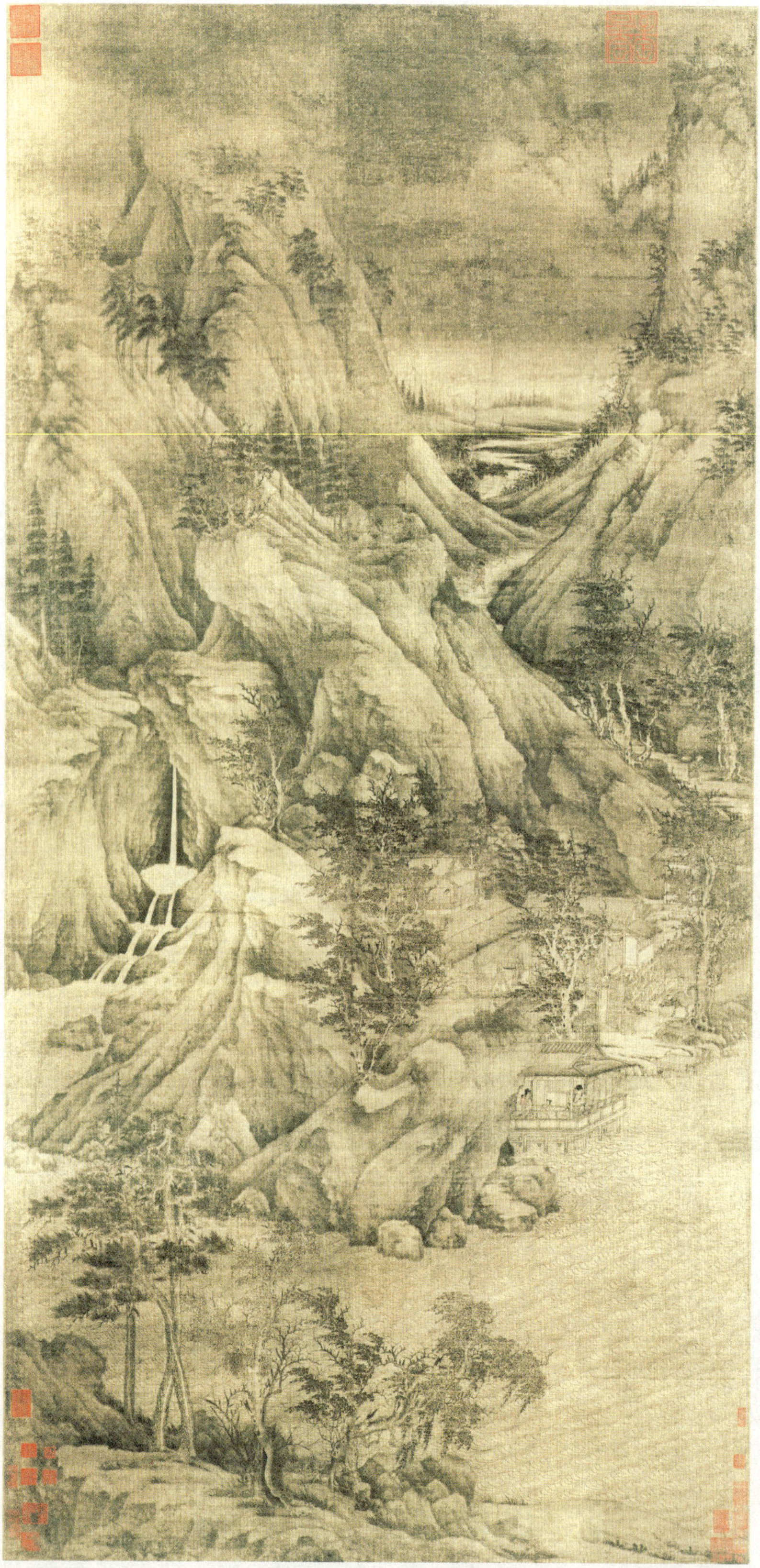
溪岸图

永写施浙东诸寺的八百本之一。因此如因款字墨有浮光处，又有何可疑呢？只有稍觉遗憾的是那位"深藏若虚"的藏家，脱手稍忙，要知道好画多经人鉴证品评，只有多增高声价的！

四

董元的名字许多文献中多作"元"，董其昌题《寒林重汀图》也作"元"，只有《图画见闻志》作"源"并说"字叔达"，"元"本曾通作"源"，《广韵》"源"字下曾注："又姓。"秃发（即拓跋）傉檀之子贺入后魏，魏太武帝称他同源，即命他姓"源"（拓跋氏用汉字姓"元"）。或董元曾有异名，但此画上分明作"元"，那么《图画见闻志》的根据何在，实不可考了。至少我们无法据《志》中一字便推翻《宣和画谱》、赵孟𫖯等诸家文章中所记的"元"字，何况现在画上名款具在，即使仍然怀疑画上款字的人，也无法说《宣谱》和赵氏诸家所记都不可靠吧！

这幅画款结衔是"后苑副使"，因为南唐的后苑在官廷之北，所以称他为"北苑"，自较称他为"后苑"好听些罢了。

众所周知，张大千先生不但是当代首屈一指的画家，也是独具慧眼的鉴定家。五十年前，他在北平琉璃厂国华堂萧程云的字画店得到一件大幅青绿山水，这幅在萧家的店里一个扁方的木桶中插着，熟人去了随便抽出展观。画幅靠边处有"关水王渊"四小字名款。大千先生看到收购了，认为应是董北苑画，又因赵孟𫖯有致道士薛曦（字玄卿）一札（中及鲜于枢，但非致鲜于之札），提到在大都见到一幅董画，景物如何，笔法绝似李思训。张先生一时兴到即认为这就是赵孟頫所见的那一幅。他曾请谢稚柳先生抄录赵札在"诗塘"上，后又改用影印法把赵札印在"诗塘"上。张先生自题"南唐后苑副使董元江堤晚景图"即据"溪岸"之款（刊物特载"元"误作"源"）。

<h2 style="text-align:center">五</h2>

启功年衰才劣，又患眼底出血、黄斑病变，信手起草，全凭感觉，起稿既毕，无法自行校对。又因神智模糊，措语诸多荒漏，敬望诸位专家，不吝赐教，指出错谬，不胜企盼之至！

一九九九年八月廿六日

明代文人画家每以诗文压职业画家，董其昌论画曾云："不行万里路，不读万卷书，看不得杜诗，画道亦尔。马远、夏圭辈不及元季四大家，观王叔明、倪云林《姑苏怀古》诗可知矣。沈朝焕曰：'吴中以诗字妆点画品，务以清丽媚人而不臻古妙，至姗笑戴文进诸君为浙气。'"（《顾氏画谱·戴进画对题》）实道著真际。

若蓝瑛者，既为职业画家，又属浙派，自明末至晚清，宗四王者，尚多诋之，秦祖永"桐阴谕画"所评，其较著者也。然余曾见蓝氏十二钗图卷，画法似南宋院体，人物衣纹方重，似马远画女孝经图。后有自题古诗一首云：

洛阳原北望龙门，西开大苑百花源，参天碧树千寻起，濯锦红泉百道翻。玲珑石骨移天巧，下有云根秀瑶草，不独林塘净九华，争看水谷浮三岛。堪将林谷度芳年，座有金钗间玉钿，娇姿贯骋春风面，弱骨难胜夜月筵。春风夜月笙歌响，妖姬十二俱堪赏，绮罗丛里斗娇妍，紫绶朱衣寄玄想。相国当年吐凤章，玉阶三尺侍明光，丝纶织就君王衮，馆客犹传带珮香。自喜风流耽艳色，西邻北里琼瑶集，绰约仙妹锦绣乡，翩翻宛若明珰出。若个佳人不解颜，谁人陌上不追欢，林梅点额迎风笑，岩桂分香带月还。可怜丰乐年华早，可怜化国风光好，丽景无如此景良，追欢莫待他时老。己酉孟春日，偶写牛奇章十二钗图，漫为赋此。田叔蓝瑛。

蓝瑛题画诗

辑三　成竹在胸
见意境

图前押引首"十郎"，后有名字印二方。己酉为万历三十七年（1609年），故"洛"字不讳。其诗虽沿七子余风，究亦当行出色。四王中若石谷，尚未见有此等篇章。观此益觉田叔不多题诗，实非不能，而见吴人之以诗字妆点画品者，正为自掩画法之短弱耳。

一九六三年十二月二十二日

"作伪心劳日拙"这句名言，对于伪作书画的事说，更为确切。因为法书名画，从书者、画者的手法习惯、风格特点，至于年月、题跋、印章等等，随处都能表现它的真，或泄露它的伪。以伪吴历画册一件事来看，一伪再伪，弥缝隙漏，在作伪者觉得可以掩人耳目了，但是还有绝大的漏洞摆在那里。这是一桩曲折有趣的伪画公案。

在清代中叶以后，出现了一本吴历的山水画册，册共八页，画法细密，相当精彩。末款是"丙戌年冬至摹古八帧"（1706年），每页有清初人对题，是：王时敏、恽寿平、张远、钱朝鼎、金道安、许箕、许旭、王澍，共八人。王澍一页是临米帖，其他七人都是写的题画诗，有年月的三页：王时敏题"时年八十有七"（1678年）、张远题"壬戌"（1682年）、金道安题"丙寅"（1686年），各家题中也都没说到是题吴历的画。

册后有陈德大长跋，说明当时"四王吴恽"画中，吴画最少，因而特别被人重视，并叙述了这一册的发现流传的情况。纪年丁巳，大约是咸丰七年（1857年），他说：

> 此摹古八帧，乃七十五岁笔……对叶诗七幅，率壬戌、丙寅间物，先于画二十年，必原册无题，后人取他册俪之，要离古烈士，可近梁伯鸾，更为颠播前后，益娓娓有情，惟虚舟一帖不伦，当访求以易之耳。

他看出了对题与画款年月不符。

这一册在一九三三年由上海传到北京，为某鉴藏家所得，当时有人怀疑不真，理由侧重对题的拼配。于是藏者请人挖改款字，把"丙戌"的"戌"字上做了一虫蛀的圆孔，旁边笔画，略加修改，成了"丙辰"（1676年），这便提早了三十年，对题的年月可以没有矛盾了。重写陈德大的跋，把"七十五岁"改为"四十五岁"又删去"对叶诗七幅"一段，于是拼配对题的痕迹可以泯灭无余了。

其实这一册的漏洞，并不在于对题的年月，况古代名画拼配题跋的事很多，都无损于名画的真确性，而这册的问题，实有以下六点。

一、吴历画法，用笔、布局、渲染等等，都有他自己的特殊风格，与这册的面目全不相同。而这册却极像武丹的画法。

二、吴历书法虽学苏轼，但起笔、住笔、行笔、结构等等，都有他自己的特色，与这册题字笔法全不一样。只要拿吴画真迹按他书画笔踪对看，是非常清楚易见的。

三、印章不符。

四、每页款字墨色较浮，与画上的浓墨处轻重不同。

五、末页题"枯槎竹石、非倪非黄"一段，见《瓯香馆集·补遗诗》，原是恽寿平的题画语。

六、册中仿李成一页题云："李营邱秋渡图。"清代避孔子讳，"丘"字一律用从"邑"的"邱"字代替，是雍正四年（1726年）的规定，吴历死在康熙五十七年（1718年），不可能预先避写。以上两事俱经陈励耘师考出，见《吴渔山先生年谱》。

这册似是用一本武丹的画册来伪造的。武丹字衷白，清初人，大约是一位职业画家，所见他的画上题字都不多，这册可能不止八页，款在末幅，作伪的人，撤去有款之页，又在每页空处写上吴历的题语。我还疑这册的对题各页，即是武丹画册原有的对题也未可知。总之画法、书法、题语、讳字，处处都是露出的马脚，并不止年月不符一端。并且这一册在一九一七年文明书局已影印出版，至挖改时，早已重版多次了。

藏者所请挖改题字的人是画家祁井西先生，一日祁谈挖改的经过，说那时正在夏天，摹写完陈德大跋，汗流浃背。他还说："画法不对，改了字，仍然不真。"我把影印本给他看，他不禁地说："呦！那么我更白费劲了。"井西名崐，北京人，长于摹古，并善刻印，卒时四十余岁。这一册现印在《爽籁馆欣赏》第二辑中。

一九六四年

八大山人名字失传已久，《画史》传记多书"朱耷"，而山人真迹署款，"八大山人"之外，或署"驴"，或署"屋驴"等，未尝有作"耷"者。如云是其谱名，则明代宗室名固多怪字，然皆五行递生，"耷"字偏旁，于五行并无所属。后见阎尔梅自号"白耷山人"，因忆及仙人骑白驴故事，乃悟"耷"盖"驴"之俗字。阎氏后人为其家传云其自幼耳白而大，故号白耷，则臆说也。《集韵》："耷，德盍切，大耳曰耷。"此是宋时之解，与明末俗字借之作"驴"者无涉也。正如"荣"，唐人以之为"策"，今人以之为"荣"；"夯"，《西游记》及脂砚斋本《石头记》中以之为拙笨之"笨"，今人以之为筑土之"夯"。作画史传记者殆嫌驴名未雅，因变体书之，不知山人自署固不作"耷"也。近年江西得朱氏谱牒，知山人谱名实为"统𨨗"。至其"传綮"之名，则为僧时之法名也。百余年来流传杂画一册，其中山水作王原祁体，颇似王昱一路，末有年月款识一行，名署"由桵"，绢地年久，面沾油泽，字浮油上，与树石之墨沈渗入者不同。后有王芑孙跋，以为八大山人早年笔，世遂有据此以为山人谱名"由桵"者。今按，此册既非明末人笔，"由桵"更非山人之名，甚至有无由桵其人犹属疑问。此直估人妄题，以影射山人，王氏不察，适为所欺耳。

今人对于技艺的事，凡有师承的、专门职业的、技艺习熟精通的，都称之为"内行"，或说"行家"。反之叫作"外行"，或说"力把"（把，或作"班""笨""办"），古时则称之为"戾家"（戾，或作"隶""利""力"）。

"行""戾"的标准，约有三类角度。"行"指行业，"行家"指属此行业的人，相对的"戾家"，则指非此行业的人，这是最初的命义，乃甲类角度。专业的人，技艺必自习熟，而有师承法则，所以引申之以称具有此等修养的人，所以俗语说"行家不是力把干的"，又说"行家看门道，力把看热闹"。店铺、作坊的学徒称为"小力把儿"。学徒在职业上，已算入行，但仍蒙"力把"之名的缘故，也是因为他尚未学成罢了，这是乙类角度。还有以技艺流派的来源是属于"行"或属于"戾"而分的，这是丙类角度。

在前代文学技术理论中，这三类角度的采取，常有不同，于是哪家为"行"哪家为"戾"，遂致发生歧异的争论。更有由于不解"戾家"一词的意义而妄生附会的。现在试就见闻所及，略为考索如下。

按，"戾家"一词，宋代已有，张端义《贵耳集》卷上说：

> 掖垣非有出身不除……自嘉泰、嘉定以来，百官见宰相，尽不纳所业……三十年间，词科又罢，两制皆不是当行，京谚云"戾家"是也。

"非词科出身"，是行业角度的"戾家"，属前举的甲类；"不纳所业"，是修养角度的"戾家"，则属前举的乙类。

元代戏曲行业中也有"行家""戾家"之称，职业演员的团体谓之"行院"，引申以称职业演员，也说"行家"；子弟客串的则称为"戾家"。《永乐大典》卷一三九九一"宦门子弟错立身"戏文，题目是："冲州撞府妆旦色，走南投北俏郎君，戾家行院学踏爨，宦门子弟错立身。"剧中写宦门子弟完颜延寿因恋散乐王金榜，为父所责，逃出与王金榜同走江湖卖艺。其题目所云"戾家行院学踏爨"者，乃谓子弟在行院中学踏爨的事。而当时文人士夫却曾有翻案的议论，认为当时社会上称职业演员为"行家"的说法不对。《太和正音谱》卷上"杂剧十二科"条说：

杂剧，俳优所扮者，谓之倡戏，故曰勾栏，子昂赵先生曰："良家子弟所扮杂剧，谓之行家生活，倡优所扮者，谓之戾家把戏。良人贵其耻，故扮者寡，今少矣。反以倡优扮者谓之行家，失之远也。"或问其"何故哉"？则应之曰："杂剧出于鸿儒硕士骚人墨客所作，皆良人也。若非我辈所作，倡优岂能扮演乎？推其本而明其理，故以为戾家也。"

这里"以倡优扮者谓之行家"的话，是社会上已流行的普通论点，"问其何故"的话，是怪其与普通论点不同，这类普通的原有论点，乃是甲类的角度；"失之远也"的话，是赵子昂对旧说之反驳。赵氏所持的角度，略近乙类角度，但有私见存在里边，他意在抬高子弟所演的剧，并以剧本创作的功劳来替子弟标榜，不过想为士夫增重而已。按，士夫对于戏剧，固然未必没有胜于行院中人之处，如果能具体分辨工拙，品评优劣，也可以取信于人，必要自争"行家"之名又推却"戾家"之名，未免无聊。但也可见"行家"荣誉的可重了。

明臧晋叔《元曲选·序》又扩大赵氏这种论点说：

> 曲有名家，有行家。名家者，出入乐府，文彩烂然，在淹通闳博之士，皆优为之。行家者，随所妆演，不无摹拟曲尽，宛若身当其处，而忘其事之乌有，能使人快者掀髯，愤者扼腕，悲者掩泣，羡者色飞。是惟优孟衣冠，然后可与于此。故称曲上乘者，首曰当行。不然……他虽穷极才情，而面目愈离，按拍者既无绕梁遏云之奇，顾曲者复无辍味忘倦之好。此乃元人所唾弃而戾家畜之者也。

这是以士夫为"名家"，以演员优秀的为"行家"，而以演员的技艺不高的为"戾家"。他的用意，不外是想为士大夫摆脱"戾家"之名，而把这种恶谥转嫁给技艺不高的演员。这种论点，与赵子昂似异而实同。大概他也感到赵氏翻案失于勉强，所以另立"名家"一称，以资弥缝罢了。

赵子昂不但在戏剧方面持论如此，在绘画方面亦曾替士夫争

"行家"之名。《唐六如画谱》有标题"士夫画"一条，下题"王绎"。(《唐六如画谱》，乃明人抄集旧说的札记，无真伪之可言，只是唐六如序或是后人伪加的。王绎论写像之文章，见于《辍耕录》，其中无此条，王绎亦未闻有别种论著，大概是抄集传写时误注王绎之名。) 这段话说：

赵子昂问钱舜举曰："如何是士大夫画？"舜举答曰："隶家画也。"子昂曰："然，观之王维、李成、徐熙、李伯时，皆士夫之高尚，所画盖与物传神，尽其妙也。近世作士夫画者，其谬甚矣。"

按，"隶家"即是"戾家"。钱氏所取是哪类角度，虽然不易看出，但这里并非尊重之意，则可以领略，所以赵氏给他另下转语。但赵对于钱，似不敢明说他"失之远也"，只可为之抽梁换柱，历举古代士夫中技艺精妙的，再评"近世作士夫画者"之"谬"。话很委婉，而意实反驳。简单说来，即是说"隶家"的士夫画并非"高尚"的士夫画，乃是"作士夫画者"所为。譬如假李逵为真李逵招致谤议，并非真李逵之罪，这实际上和他在戏剧方面的议论，同一动机，想为士夫洗刷"戾家"之名，不过是彼为明驳，此为暗换而已。

画家"行""戾"之辨，明何良俊《四友斋丛说》中所谈的最为明晰，举其三条如下：

我朝善画者甚多，若行家当以戴文进为第一，而吴小仙、
杜古狂、周东村其次也。利家则以沈石田为第一，而唐六如、
文衡山、陈白阳其次也。戴文进画尊老用铁线描，间亦用兰叶
描。其人物描法，则蚕头鼠尾，行笔有顿跌，盖用兰叶描而稍
变其法者，自是绝技。其开相亦妙，远出南宋以后诸人之上。
山水师马、夏者亦称合作，乃院体中第一手。

　　戴进、吴伟诸人，是职业画家，称之为"行家"，是甲类角
度；赞其绝技，是兼乙类角度；而溯其师法马、夏。按，马、夏为
画院中人，那就是丙类角度了。

　　又说：

　　石田学黄大痴、吴仲圭、王叔明皆逼真，往往过之，独
学云林不甚似。余有石田画一小卷，是学云林者，后跋尾云：
"此卷仿云林笔意为之，然云林以简，余以繁。夫笔简而意尽，
此所以难到也。"此卷画法稍繁，然自是佳品，但比云林觉太
行耳。

　　"太行"等于说"太能"，这是属乙类角度的。

　　又说：

　　衡山本利家，观其学赵集贤设色与李唐山水小幅皆臻妙，

盖利家而未尝不行者也。戴文进则单是行耳，终不能兼利，此则限于人品耳。（三条俱见卷二十九）

大小李将军及赵伯驹、伯骕兄弟，是院派所从出，赵集贤设色的画实是学他们；李唐更是画院中人；文衡山以"外行"身份学他们，遂成了以"利"兼"行"，这是丙类角度。看这条所论，除了说戴进"限于人品"似稍薄"行家"外，其余的话，对"行""戾"都无所抑扬。

明王世贞《弇州山人四部稿》卷一五五有一条说："画院袛候，至宣宗朝始盛。宣宗亦雅善绘事，而是时戴文进被征，独见谗放归，以穷死。文进名琎，钱唐人，死后人始重之，至以为国朝第一。文进源出郭熙、李唐、马远、夏圭，而妙处多自发之，俗所谓行家兼利者也。"源出宋代行家，而称之为"行家"，是丙类角度，"妙处多自发之"，是其"兼利"的条件，因此也可证明"利"的特点"自发"是其一项。

明詹景凤跋元饶自然《山水家法》一书说：

清江饶自然先生所著《山水家法》，可谓尽善矣。然而山水有二派：一为逸家，一为作家，又谓之行家、隶家。逸家始自王维、毕宏、王洽、张璪、项容，其后荆浩、关仝、董源、巨然及燕肃、米芾、米友仁为其嫡派。自此绝传者，几二百年，而后有元四大家黄公望、王蒙、倪瓒、吴镇，远接源流。

至吾朝沈周、文徵明，画能宗之。作家始自李思训、李昭道及王宰、李成、许道宁。其后赵伯驹、赵伯骕及赵士遵、赵子澄皆为正传，至南宋则有马远、夏圭、刘松年、李唐，亦其嫡派。至吾朝戴进、周臣，乃是其传，至于兼逸与作之妙者，则范宽、郭熙、李公麟为之祖，其后王诜、赵令穰、翟院深、赵幹、宋道、宋迪与南宋马和之，皆其派也。元则陆广、曹知白、高士安、商琦庶几近之。若文人学画，须以荆、关、董、巨为宗，如笔力不能到，即以元四大家为宗，虽落第二义，不失为正派也。若南宋画院诸人及吾朝戴进辈，虽有生动，而气韵索然，非文人所当师也。大都学画者，江南派宗董源、巨然，江北则宗李成、郭熙，浙中乃宗李唐、马、夏，此风气之所习，千古不变者也。时万历甲午秋八月。

按这条议论实是董其昌所标"南北宗"说的先河，而又加"兼逸与作"的折中一派。这不是本文范围的事，当另作讨论。现在所注意的，在其"行家""隶家"之说。按他行文排列次序看来，前列"逸家""作家"，后列"行家""隶家"，好似以"逸家"为"行家"，有如赵子昂在戏剧方面的以子弟为"行家"那样论点。及观下文"逸家始自王维"及"文人学画，当以荆、关、董、巨为师"云云，乃知他所谓的"逸家"乃指士夫。又詹氏在他所著的《东图玄览编》卷二曾说：

> 北宋人画人马二笑（策，即册），不着色，其描法精能，
> 本自作家。衣折用浓墨，而傍写枯木一株，弱柳五六株，乃纯
> 用淡墨，草草不着意点成，乃又力家。可谓文矣。

又可知他所谓"力家"乃指"用淡墨""不着意"的"文"派，可证跋中的"逸家"即"隶家"，而"作家"即"行家"了。他对于南宋画院及明朝戴进的画，虽说"非文人所当师"，而于大小李将军等"作家"一派，也没有明显的鄙薄。

至于明赵左，则以"行家"身份，曾暗讽"利家"。张敬园先生家藏纸本山水卷，题云：

> 溪山无尽图，戊午秋九月，偶寓浦东寒花馆中，雨窗漫
> 作，辄似利家山水也。赵左。

这卷画笔法疏淡，近于董其昌亲笔生拙一路，可知他所谓"利家"山水，即指这样画风。看他的语意，实是自己解嘲的态度，并不是以得似"利家"为荣的。

更有虽不明抑"行家"，但自独尊"隶家"的。明屠隆《画笺》"元画"条说：

> 评者谓士大夫画，世独尚之，盖士气画者，乃士林中能作
> 隶家画品，全法气韵生动，不求物趣，以得天趣为高。观其曰

写，而不曰画者，盖欲脱尽画工院气故耳。此等谓之寄兴，但可取玩一世，若云善画，何以上拟古人而为后世宝藏？如赵松雪、黄子久、王叔明、吴仲圭之四大家，及钱舜举、倪云林、赵仲穆辈，形神俱妙，绝无邪学，可垂久不磨，此真士气画也。虽宋人复起，亦甘心服其天趣，然亦得宋人之家法而一变者。

"隶家"一词的意义，此后渐不为人了解，于是望文生义，歧误愈多。《佩文斋书画谱》卷十六引明董其昌《容台集》一条（为今通行四卷本《容台别集》所无，或在五卷本中，待再觅校），题为"元钱选论画"（按，这条乃是董引钱语而加以申论的，这标题不恰当）说：

赵文敏问画道于钱舜举，何以称士气？钱曰：隶体耳。画史能辨之，即可无翼而飞，不尔便落邪道，愈工愈远。然又有关捩，要得无求于世，不以赞毁挠怀。吾尝举似画家，无不攒眉，谓此关难度，所以年年故步。

此条所称赵子昂、钱舜举问答之语，即《唐六如画谱》中所载者。而"隶家"一词，误为"隶体"，又再引申附会，因而更加纷淆。

后来清王翚又误为"隶法"。历史博物馆藏山水直幅，款云："膏雨初晴，岁次壬午中元前三日奉赠东皋先生清鉴，海虞耕烟散人王翚。"自题云：

子昂尝询钱舜举曰："如何为士大夫画？"舜举曰："隶法
耳。"隶者以异于描，所谓"写画须令八法通"也。元人以米
元章父子与高房山侍郎画为士夫画，然倪元镇尝为米颠配享，
虽功力不同，远韵则一。大都元季皆以董、巨为师。如陆天
游、赵善长、柯九思、徐幼文，泼墨点染，各有秀色；如姚彦
卿、唐子华、朱泽民学郭河阳者，不能与逸品争长矣。

又清钱杜《松壶画忆》说：

子昂尝谓钱舜举曰："如何为士大夫画？"舜举曰："隶法
耳。"隶者有异于描，故书画皆曰写，本无二也。

其误与王翚相同。此后又有人从而穿凿，再在"写"字上发
挥。清王学浩《山南论画》说：

王耕烟云：有人问："如何是士大夫画？"曰："只一写字
尽之。"此话最为中肯。字要写，不要描；画也如之。一入描，
便为俗工矣。

不但"隶家"演变为"写"字，钱舜举且为王耕烟所代替了。

至于力图分辨"士夫画家"非"外行"者，赵子昂之后，明、清亦多有其人。明沈颢《画麈》"遇鉴"条说：

今人见画之简洁高逸，曰士夫画也，以为无实诣也。实诣，指行家法耳。不知王维、李成、范宽、米氏父子、苏子瞻、晁无咎、李伯时辈，士夫也，无实诣乎？行家乎？

又"位置"条说：

行家位置稠塞不虚，情韵特减，倘以惊云落霭，束峦笼树，便有活机。米芾谓王维画见之最多。皆如刻画，不足学，惟以云山为墨戏，虽偏锋语，亦不可无。

这虽意在为士夫争"行家"的荣誉，但在他的言论中，正足以窥见当时社会上一般见解，原是以士夫画为"无实诣""非行家""不稠塞"的。又方薰《山静居画论》也说：

士人画多卷轴气，人皆指笔墨生率者言之，不禁哑然。盖古人所谓卷轴气，不以写意、工致论，在乎雅、俗。不然摩诘、龙眠辈皆无卷轴矣。

从这里也可窥见当时社会上曾以"笔墨生率"为士夫画的特

点。方氏这里说士夫画原不生率，而人自误指生率的为士夫画，这与赵子昂的抽梁换柱，是同一手段。俱足见士大夫自争"行家"荣誉、洗刷"戾家"恶谥的苦心。

总之，在艺术事业中，"隶家"与"行家"，各有短长，决不是片言所能尽。其中究竟何优何劣？士夫画究竟有无实诣？实诣的程度及范围又应如何划定、如何理解？都有待于进一步的考辨。又每一画家的造诣既各不同，其每一作品的优劣，亦复不同。"行""戾"互有交叉，殊难笼统著论，并且不是此文范围所及，现在都不谈。只是元、明以来，世人常把士夫画家归于"隶家"这一事，以及元、明以来士夫为此而发的断断争辩，则从以上资料中可得证明，或足为绘画史研究之一助吧。

一九六三年